KB115876

퇴사하겠습니다

TAMASHII NO TAISHA
by Emiko Inagaki

Original Japanese edition published by TOYO KEIZAI INC.
Korean translation rights arranged with TOYO KEIZAI INC., Tokyo
through Japan UNI Agency, Inc., Tokyo and Korea Copyright Center, Inc., Seoul

퇴사하겠습니다

이나가키 에미코 지음 | 김미형 옮김

엘리

아프로 헤어와 회사를 그만둔 것이 관계가 있나요?

음. 관계 있…… 을 리가 없잖아! 라고 스스로에게 핀잔을 주다가, 문득 정신이 들었습니다.

어쩌면 정말로 관계가…… 있을지도…… 모릅니다.

아니, 찬찬히 생각해보니 관계가 있는 걸 넘어 아프로 헤어를 하지 않았다면 회사를 그만두지 않았을지도 모르겠습니다.

지난날을 돌이켜보면 난 어렸을 때부터 우등생이었고, 운 좋게 좋은 시절을 만나 좋은 학교에, 좋은 회사에, 부족할 것 없는 길을 걸어왔습니다. 그러는 동안 안정적 수입과 보람 있는 일과 미래의 연금까지 얻었고요. 그런데 아프로 헤어가 이 모든 것을 한꺼번에 빼앗아간 것입니다.

너 뭐냐, 아프로 헤어.

계기는 정말 미미했습니다.

오사카 부경을 들락거릴 적에 경찰과 담당기자들이 친목 도모 차원에서 허름한 선술집에 갔습니다. 노래방 기계가 있어 노래를 부르는데, 흥을 돋우는 탬버린이며 마라카스 같은 도구들 속에 아프로 헤어 가발이 섞여 있었지요. 다들 재미있어하며 그 가발을 썼습니다. 내 순서가 돌아와 나도 썼습니다. 그러자 "진짜 잘 어울린다" 하고 좌중에 폭소가 일었습니다. 창피했지만 호기심이 발동해 어디 한번 보자 싶어 거울을 들여다보니, 이게 무슨 일인지, 아닌 게 아니라 꽤 잘 어울렸습니다.

흠, 아프로 헤어도 나쁘진 않네……

악마가 속삭인 순간입니다.

그러나 물론 그런 난폭한 행동은 결행하지 않은 채 몇 년이 흘렀습니다.

그러는 동안 여러 가지 일이 있었습니다. 회사 생활이란 게 좋은 일이 있는가 하면 나쁜 일도 있게 마련입니다. 뭐, 대체로 나

뿐 일이 더 많지요. 게다가 아직 젊다고 생각했던 나 역시 문득 깨닫고 보니 중년기에 접어들어, 회사에 도움이 되는 인간인지 그렇지 않은 인간인지 선별 대상 연령이 되려던 참이었습니다. 선배와 상사들이 살뜰히 보살펴주고, 때론 혼이 나기도 하고 때론 실패하면서 씩씩하게 자랐던 내 청춘 시절은 종말을 맞이해 가고 있었습니다.

미래는 어두웠습니다. 원래 회사에 도움이 될 만큼 훌륭한 사원도 아니었고 더 열심히 한다고 해서 앞으로 그렇게 될 것 같지도 않았습니다. 우울했습니다.

그런 때, 문득 그런 생각이 든 겁니다.

"그래, 하자! 아프로 헤어."

계획이나 전략은 없었습니다. 무엇이든 좋으니 변화를 좀 일으키고 싶었을 뿐입니다. "회사원인데 아무래도 좀 그렇지 않겠어?"라는 미용사를 열심히 설득하고, 셀 수 없을 만큼 많은 로드를 머리에 돌돌 말고, 파마 액을 뿌리고, 한~참 기다리고, 다시 셀 수 없을 만큼 많은 로드를 풀고, 그런 끝없는 작업을 장장 여섯 시간. 그리고 마침내 내 머리 위에는 둥글둥글하고 덥수룩하고 빠글빠글한 머리가 올라앉게 되었습니다.

그 후 내 인생은 생각지도 못한 방향으로 굴러가기 시작했습니다.

사십 대도 중반이 지나, 세상에 이런 일이, 대인기를 누리는 리즈 시절이 찾아온 것입니다.

혼자 선술집에 들어가면 생면부지 아저씨가 "이 언니, 진짜 맘에 든다! 한잔 사줄게! 안주도 하나 시켜!" 하질 않나. 어느새 점원이 "이건 서비스로 드리는 겁니다" 하고 삶은 풋콩을 슬쩍 상에 내오기도 합니다. 어느 날은 카페에서 원고를 쓰고 있는데 빌딩 위에서 나의 아프로 헤어를 목격한 샐러리맨이 느닷없이 나타나 "재미있는 사람이 있다 싶어서 뛰어왔습니다" 하고는 "오늘 저녁 술 한잔 같이하시죠!" 하고 집요하게 청한 일도 있었습니다.

외국인들까지 나서서 "유어 헤어, 나이스! 차 마시러 안 갈래요?" 하고 말을 거는가 하면, 종종 다니던 길목 가게 주인이 엄청난 기세로 뛰어나와서는 "언제쯤 오시나 손꼽아 기다렸죠" 하고 얼굴 가득 함박웃음을 짓기도 합니다. 귀갓길 밤에 선술집에서 웬 아저씨가 뛰쳐나와 "함께 마십시다!" 하고 들이댄 적도 세 번이나 있었습니다.

여자들 사이에서의 인기도 만만치 않습니다. 전철을 타면 아주머니가 "그 헤어스타일 좋네. 나도 젊었을 땐 그런 거 해봤는데"라며(설마 그럴 리가) 말을 거는 일은 일상다반사. 단골 카페 여주인은 내 초상화를 그려 선물로 주기도 했습니다. 서점에서 책을 읽고 있는데 웬 젊은 여자가 "혹시 괜찮으시면 저와 친구가 되어주시겠어요?" 한 적도 있습니다.

대체 뭘까 싶었죠, 이 알 수 없는 인기의 정체는.

생각건대 아프로 헤어는 별난 헤어스타일 중에서도 단연 특별한 스타일이 아닐까 합니다. 만약 모히칸이나 드레드였다면 아무리 관심이 쏠린들, 무서워서 아무도 쉽사리 말을 걸지 못했겠지요. 그에 비하면 아프로 헤어는 별 의미도 없이 큼직한데다 둥글둥글한 것이 너무 웃겨서 자기도 모르는 새 경계가 허물어지는 게 아닐까요?

그건 그렇고 현실적으로 따져서 이렇게나 인기가 좋으니 혹시 이걸로 먹고살 수 있지 않을까 싶어지기도 합니다.

실제로 술이니 커피니 여기저기서 사주니 말입니다.

게다가 이유라는 것이 고작 '아프로 헤어'라는 것뿐이니…… 음, 어쩌면 인생이란 의외로 엄청나게 심플한 것이 아닐까요?

우리는 자기 인생에 대해 늘 무언가를 두려워합니다. 약해지면 안 된다고 스스로를 다그치고, 치열해야 한다며 진지하고 심각하게 고민합니다. 하지만 진지하고 심각하게 열심히 산 만큼 보답이 돌아오느냐 하면 늘 그런 것은 아닙니다. 그 사실에 우리는 상처받고 불안해하고 노력이 부족하다며 또다시 스스로를 채찍질하지요. 그런가 하면 이런 반복 속에서 인생이 끝나버리는 게 아닌가 싶어 무서워지기도 합니다.

하지만 어쩌면 행복이란, 노력 끝에 찾아오는 게 아니라 의외로 여기저기 굴러다니는 게 아닐까요?

그렇게 생각했더니 회사를 그만둔다는 게 어쩌면 그다지 두려운 일이 아닐 수도 있겠다는 생각을 하게 됐습니다.

그렇게 해서 실제로 회사를 그만둔 셈인데…… 그 결과 무슨 일이 벌어졌는지에 대해서는 본문을 읽어주시기로 하고, 한 가지 꼭 말해두고 싶은 게 있습니다. 그것은 '생각보다 어떻게든 된다'는 것입니다.

벼랑에서 떨어지지 않으려고 필사적으로 줄을 붙잡은 사람은 그저 어떻게든 손을 놓지 않으려고 애쓰면서 줄이 끊어지지 않기를 비는 데에만 열중합니다. 그러나 줄을 놓고 "아아아아아" 비명을 지르며 떨어져보면 웬일인지 주변엔 많은 사람들이 있고, 그들이 다른 줄을 던져주기도 합니다. 아니, 어쩌면 지금까지도 줄이 많았는데 내가 모르고 살았을 수도 있습니다. 하지만 떨어져 죽지 않으려면 그것을 깨달아야 합니다. 물론 줄에는 굵은 것도 가느다란 것도 있지요. 하지만 가느다란 줄도 세 가닥만 모이면 튼튼해지는 법입니다.

회사라는 굵은 동아줄을 놓아버린 나는, 세상의 이곳저곳에서 발견한 줄을 붙잡고 그런대로 잘 살아가고 있습니다. 이 책이 이렇게 세상에 나오게 된 것도, 어떤 별난 분이 던져준 동아줄 중 하나인 셈이지요. 참으로 신기하고 고마운 일이 아닐 수 없습니다.

세상이란 각박한 것 같으면서도, 실은 친절함이 넘쳐나는 곳인지도 모르겠습니다. 그것은 줄을 놓아버리고서야 비로소 보이는 세계였습니다.

아니…… 그게 아닌가. 나는 아프로 헤어를 함으로써 이미 한 손은 놓아버렸던 셈입니다(아무리 애써봐야 평범한 회사원으로는 보이지 않았을 테니까). 하지만 그 덕에 세상의 친절함을 접

할 수 있었지요.

뜻밖에도 회사를 그만두기 위한 예행연습이 되었던 것입니다.

무서워라, 아프로 헤어.

아니, 정말로 행복이란 아무 데나 굴러다니고 있는 게 아닐까요? 그런데도 다들 그걸 알지 못하고 있는 게 아닐까요? 굴러다니는데 보려고 하지 않는 게 아닐까요?

왜일까요?

어쩌면 이 책 속에 그 답이 있을지도 모릅니다!

프롤로그

회사를 그만둔다는 것

설마 내게 이런 일이 일어날 줄은 진짜, 정말 몰랐습니다. 적어도 10년 전에는.

대학 졸업 후 28년 동안 다니던 회사를 그만둔 것입니다.

50세, 남편 없고, 의지할 자식도 없고, 게다가 무직. 말 그대로 '끈 떨어진 연'이 되었습니다. 결코 젊지도 않습니다. 오히려 나날이 노화를 느끼는 나이대입니다. 잔글씨는 하나도 보이지 않고 기억력이 명백히 감퇴해가는 것도 두렵습니다.

그렇지만 말입니다, 나는 지금 희망으로 가득 차 있습니다. 어라, 정말이라니까요…… 아니, 솔직히 털어놓자면 불안감도 있긴 합니다. 아니, 진실 되게 말하자면 불안함으로 가득 차 있습니다. 엄청나게 가득 가득. 그래도 나는 역시, 희망에 가득 차 있습니다…… 고 말하겠습니다.

회사를 그만두겠다고 선언했을 때, 주변의 반응은 놀랄 만큼 똑같았습니다.

우선 다들 하는 말이 "아깝지 않아?"였습니다.

아까워?

대체, 뭐가?

대답은 가지각색이었지만 한마디로 그냥 회사에 남는 편이 '이득'이지 않겠냐는 말이었지요.

아닌 게 아니라 내가 근무하던 아사히신문사는 대기업입니다. 월급도 많고 인지도도 있고, 이른바 사회적 지위가 높은 곳입니다(요즘은 이 부분이 좀 미묘해지긴 했지만). 게다가 당시 내가 담당하고 있던 칼럼이 고맙게도 독자들에게 호의적으로 받아들여지고 있었습니다. 다시 말해 회사 내에서도 꽤 안락한 처지였다는 겁니다. 그런데 왜 그런 혜택받은 환경을 발로 차버리려는 건지, 아깝다, 뭐 그런 뜻이었겠지요.

글쎄요, 이 질문에 한마디로 대답하기란 어렵습니다. 그런 말을 들으면 아닌 게 아니라 아깝다는 생각도 듭니다. 아아, 내가 잘못 생각했나…… 그러다 또 아니지 아니지, 이런이런. 여기서 갈피를 못 잡을 때가 아니야.

굳이 말하자면 나는 이제 그 '이득'들로부터 도망쳐 나오고 싶었던 것 같습니다.

'이득이 있다'는 것은 사실 무서운 겁니다. 예를 들어 맛있는 음식, 초밥이나 스테이크, 케이크 같은 걸 매일 먹으면 어떻게 될까요? 건강을 해쳐 일찌감치 죽게 될 겁니다. 하지만 한번 이런 음식에 빠지면 웬만해선 헤어나올 수 없게 됩니다.

왜냐하면 큰 행복은 자그마한 행복을 보이지 않게 하니까요. 자신도 모르는 새에 큰 행복이 아니면 행복을 느끼지 못하는 몸이 되고 마니까요.

일 역시 마찬가지입니다. 높은 월급, 좋은 대우에 익숙해지면 거기서 벗어나는 게 점점 힘들어집니다. "좀 더, 좀 더"라고 요구하게 되고, 나아가 무섭게도 그 좋은 환경이 행여 나빠지지 않을까 하는 공포와 분노를 느끼기 시작합니다. 그 결과 자유로운 정신은 점차 사라지고, 인생은 공포와 불안의 지배를 받게 됩니다.

아, 그야 물론 안 그런 사람들도 많겠지요. 하지만 나처럼 욕심 많고 자존심 강한 인간은 눈 깜빡할 새에 그런 함정에 빠질 확률이 대단히 높습니다.

다시 말해 나는 '이득'인 환경에서 이제 그만 도망쳐야 한다는 공포심에 휩싸인 것입니다.

그리고 또 하나, 매번 반드시 되돌아오는 말이 이것이었습니다. "그래서, 앞으로 뭐 할 건데?"

음…… 죄송합니다. 아무것도 안 할 거예요. 할 수만 있다면 정해진 직업 없이 살려고요.

그러면 여지없이 모두들 매우 당혹스러운 얼굴을 합니다. 특히 회사 동료들은 왠지 무척 불만스러운 표정입니다.

아뇨, 아닙니다. 딱히 여러분의 일이나 삶의 방식을 부정하려는 건 아니에요! 당연히, 회사에서 성실히 일하는 사람들이 우리 사회를 지탱하고 있으니까요.

그런데 말이죠, 회사에서 일하는 것만이 성실한 인생일까요?

회사에서 일하면 분명 좋은 점이 많습니다. 좋은 동료들에게 자극이나 도움을 받고 때로는 다투면서 자기 자신을 성장시킬 수 있습니다. 물론 장난 아니게 불합리한 처우도 감내해야 하지만, 그런 피할 수 없는 시련 속에서 어떻게 대처하고 행동해나가느냐 하는 것은 드라마 〈한자와 나오키〉가 그리듯, 그 모두가 한 편의 드라마와도 같습니다. 그런 뜻에서는 불합리함이야말로 회사의 진정한 쓴맛 단맛 신맛이라고도 할 수 있을 것입니다.

회사는 나를 그렇게 키워주었습니다. 아사히신문사라는 곳에 취직하지 않았다면 나는 지금쯤 분명 전혀 다른 인간이 되었을 것입니다.

그렇지만 사람은 다른 사람에게 고용되지 않고서는 살아갈 수 없는 것일까요?

고용된 사람이 입 딱 다물고 불합리한 처우를 참는 것은 결국 먹고살기 위해서입니다. 다시 말해 돈 때문입니다. 물론 일에는 '보람'이 있고, 일이 '사는 보람'이라는 사람도 많을 테지요. 그러나 돈을 받지 못해도 역시 그 회사에서, 그 일을 계속할 것이라고 단언할 수 있습니까?

그러니까 나는 이렇게 묻고 싶은 것입니다.

회사에서 일한다는 것은, 극단적으로 말하자면, 돈에 인생을 지배당하는 것 아닌가요?

방금 전 "회사에서 성실히 일하는 사람들이 우리 사회를 지탱하고 있다"고 썼습니다. 이 말은 정말 진심입니다.

그러나 회사에서 일하지 않는 사람들도 분명, 사회를 지탱하고 있습니다.

자영업자들, 프리랜서로 일하는 사람들은 말할 것도 없고, 돈을 벌지 않는 사람들도, 예를 들어 전업주부나 일을 그만둔 고령자들, 사정이 있어서 일을 못하는 사람들, 아이들, 그들 모두가 이 사회를 지탱하고 있지 않나요? 요리를 한다, 청소를 한다, 손자들과 놀아준다, 무언가를 산다, 이웃과 인사를 나눈다, 누군가와 친구가 된다, 누군가에게 웃는 얼굴을 보여준다. 세상이란 말하자면 이렇게 '서로 지탱해주는 것'입니다. 꼭 돈이 매개가 되지 않더라도 서로 지탱해줄 수만 있다면 그럭저럭 살아갈 수 있는 것입니다.

그러나 회사에서 일하다보면 그런 것들을 잊어버리게 됩니다. 매달 월급이 입금되는 데에 익숙해지다보면 어느덧, 저도 모르게, 일단 돈을 벌지 않으면 아무것도 할 수 있는 게 없다고 믿어버리게 됩니다. 그리고 월급을 많이 받는 사람이 더 훌륭한 사람이라고 생각해버리게 됩니다.

그래서 회사에서 일하다보면 "월급을 더 달라"는 요구가 생겨납니다. 아무리 월급이 늘어나도 마찬가지입니다. 이건 당연한 요구일 수도 있고, 그렇지 않을 수도 있습니다. 물론 회사 측에서는 "그렇게 많이는 주지 못한다"고 합니다. 당연한 대답일 수도 있고, 그렇지 않을 수도 있습니다.

그러니까 나는, 이제 그런 다툼에 더 이상 아무런 의미를 부여할 수 없게 되어버렸던 것입니다.

왜 그렇게 되었는지 돌이켜봐도 이것 역시 한마디로는 정리할 수 없습니다. 그러나 확실히 말할 수 있는 것은, 지금까지 엄청난 행운에 둘러싸여 충분하다고 할 만한 보수를 받아왔다는 점입니다. 아무리 욕심 많은 나일지라도 더 내놓으라고 하기는커녕, 오히려 이 정도 수준의 월급을 계속 받는다는 게 꺼림칙한 심경이었습니다. 눈도 침침해지고 있고, 기억력, 사고력, 체력 모두 감퇴해가고 있다는 걸 누구보다 내 자신이 잘 알고 있었습니다.

거기에 더해 인생에서 다양한 일을 겪고 다양한 사람을 만나다보니 그 영향 때문인지 어느덧 돈이 많지 않아도 인생에 만족할 수 있는 체질이 되어버렸습니다. '돈'보다는 '시간'과 '자유'를 더 원하게 되었습니다.

일하기 싫은 것은 아니었습니다. 일이란 자고로 다른 사람을 기쁘게 하는 것이기도 하니까요. 날마다 놀면서 지내다보면, 틀림없이 인생은 무척 고독한 것이 되어버리겠지요. 돈으로부터 자유로워져야 하는데, 오히려 돈을 지불하지 않으면 아무도 상대해주지 않는 인간이 되어버리는 게 아닐까 걱정이 되기도 합니다. 그러다 또 해보는 생각. 돈을 위해서가 아니라, 사람들과의 연대를 위해 일하는 것도 괜찮지 않을까.

그렇게 생각하니 왠지 꿈이 점점 부풀어가는 느낌입니다. 일한다는 건 무엇인가, 산다는 건 무엇인가. '회사'라는 강력한 자기장을 지닌 조직에서 떨어져나와, 한 인간으로서 그런 것들에 대해 고민해보고 싶었습니다.

그야말로 인생을 건 모험. 노년을 맞이하기 전 마지막 도박……이랄까?

어때요? 꽤 멋있지요?

하지만 말이죠, 인생은 그리 호락호락하지 않습니다.

나름, 만반의 준비를 다했어, 라고 생각했습니다. 입으로는 위세 좋게 떠들어도 사실은 상당한 현실주의자에 전략가인 나는,

그 다가올 날을 위해 그야말로 주도면밀하게, 오랜 시간과 공을 들여 대책의 탑을 쌓았다고 여겼습니다.

그러나 실제로 회사를 그만두고 보니 내 주변에서 일어난 일들은, 뭐랄까, 상상도 못했던 타격의 연속이었습니다.

즐겁던 축제가 끝나고, 이윽고 슬픈 무직이구나.

회사에서 일한다는 것의 의미를 생각해보고 싶은 사람, 이제 회사를 그만두고 싶은 사람, 그리고 평생 회사에 매달려 살고 싶은 사람. 이 책이 그 모든 사람들에게 '회사에서 일한다는 것'에 대해, 자신의 하루하루에 대해 다시 한 번 생각해볼 작은 계기가 되었으면 좋겠습니다.

2016년 5월 25일

시모기타자와 카페에서

차례

1.
그것은 안이한 발언에서 시작되었다

재앙의 근원은 입

어느덧 나이가 들어 생기는 기억력 감퇴는 무섭습니다.

'회사를 그만둔다'는 책을 쓰자, 아니 이것만은 꼭 써야 한다고 결의한 것은 다름 아닌 저입니다. 왜냐하면 '회사를 그만두겠다' 혹은 '그만뒀다'고 하면 많은 사람들이 뜻밖에도 플러스든 마이너스든 극적인 반응을 보이거든요. 그만큼 지금 우리 사회에서 회사란 너무나 큰 존재라는 뜻이겠지요.

그렇지만 또 한편으로는, 적지 않은 사람들이 이대로 계속 회사를 다니는 것에 희망을 갖지 못하고 있습니다. 오히려 절망을 느끼기도 합니다. 이런 출구 없는 시대를 살아가는 데 자그마한 힌트로서 아직 한창 일할 나이에 회사를 그만두게 된 내 악전고투는, 여하튼 많은 사람들에게 알릴 만한 가치가 있을지도 모른다고 생각했던 것입니다.

그런데, 그럼 맨 처음 대체 왜 회사를 그만두겠다고 결심했는가 하면…… 그게 아무리 애를 써도 확실히 떠오르지가 않습니다. 아아, 그만두길 정말 잘했지, 노화는 예상보다 확실히 빠릅니다. 한 번뿐인 인생. 시간이 별로 남지 않았구나, 다시 한 번 절감합니다.

그러나 뭐, 기억이 나지 않는 것도 그만한 이유가 있습니다. 벌써 먼 옛날부터 오랫동안 '언젠가 그만둬야지' 하고 어렴풋하게나마 생각했었고, 진퇴를 거듭하면서 준비를 차근차근 해왔던 일이기 때문에, 지금에 와서 다시 맨 처음 왜 그만두고 싶었는지 그 기억을 떠올린다는 건 영 어려운 일이거든요.

다만 한 가지, 분명히 기억나는 게 있습니다.

그것은 내 나름대로 순탄하게 흘러가고 있다고 여겼던 내 회사원 인생에 일말의 불안이 떠오른 최초의 계기입니다. 그것만은 왠지 확실히 기억이 납니다. 뭐, 정말이지 어이가 없을 만큼 사소한 일이었습니다만, 그 일이 없었다면 그만두겠다고 상상조차 못했을지도 모릅니다. 그렇게 생각하니 인생이란 참으로 기이합니다.

그날은 회사 선배 하나가 마흔 살 생일을 맞이한 날이었습니다.

나는 그 선배와 사이가 별로 좋지 않았습니다. 딱히 구체적인 일로 다툼이 있었던 건 아닙니다만, 요컨대 그다지 맞지 않았어요. 우연히 그날이 그의 마흔 살 생일이라는 걸 알고, 뭔가 상대방 기분을 망쳐놓을 말을 야무지게 좀 뱉어봐야겠다고 벼른 거지요. 이런 일에는 원고를 쓸 때보다 백배는 더 투지가 솟아오르니, 나도 참 나다 싶습니다.

"어머 선배님, 마흔이십니까! 드디어 인생의 반환점이네요!"

……정말이지 잘도 이런 미운 멘트를 날렸네요. 예상대로 그 선배는 '윽' 하는 표정을 지었습니다만, 저로서는 그게 목적이었으니 속으로 '쌤통이다' 쾌재를 불렀습니다. 선배가 "똑똑히 기억해둬라. 너 마흔 되는 그날에 똑같은 말을 해줄 테니" 하고 내

뱉는 말에도 의기양양 자리를 떴습니다.

그런데 그 말이 예기치 않게 내 마음속을 왔다 갔다 하며 좀처럼 밖으로 나가주질 않는 것이었습니다.

인생의 반환점.

이제까지 언덕을 올라갔다고 한다면, 지금부터 슬슬 내려가기 시작할 때라는 말.

언덕을 내려간다. 그때까지 나는 그런 것을 생각해본 적이 없었습니다.

'반환점'에서 마주한 공포

세상에는 '반환점'이라는 게 있다. 그리고 그 반환점은 결코 멀지 않은 미래에, 내 인생에도 찾아온다!

그걸 깨달았을 때, 맨 먼저 머리에 떠오른 것은 왠지 모를 불안…… 같은 그런 뜨뜻미지근한 것이 아니었습니다. '상당히 또렷하게 암울한 미래'였습니다.

우선 일에 대해서.

당시 나는 오사카 본사 데스크 일을 하고 있었습니다. 내가 직접 기사를 쓰는 게 아니라 남이 쓴 기사를 수정하거나 줄이거나 해서 '완성품'으로 만들어내는 일입니다. 다시 말해 중간관리직. 직장인도 마흔 가까이 되면 이런 일을 하게 됩니다.

요컨대 출세경쟁 비슷한 것의 입구에 서 있었던 셈입니다.

그때까지는 선배와 상사들이 나름대로 신경 써주었고, 나는 기회를 얻어 성공하기도 하고 실패하기도 하면서 무럭무럭 자라왔습니다. 그러나 그런 행복한 무명 시절은 슬슬 종말을 고하고 있었습니다. 바야흐로 나는 회사에 도움이 되는 인간인가 아닌가 하는 '판별'이 시작되는 나이대에 접어들어 있었습니다.

그게 바로 '인생의 반환점'에서 내가 처한 상황이었습니다.

한 세대 전인 고도 성장기라면 또 모를까, 지금 시대에 그런 출세경쟁을 벅찬 마음으로 맞이하는 사람이 과연 있을까요?

그야, 마지막까지 '이기는' 사람이 되면 좋긴 하겠지요. 하지만 마지막까지 이긴다는 게, 요약하자면 사장이 된다는 겁니다. 사장이란 사람은 사내보나 주간지 사진으로 말고는 직접 본 적도 없습니다. 그만큼 멀고 먼 존재입니다. 그 외 모두는 어딘가에서 반드시 '지게' 되어 있습니다.

회사원을 경험하고 있는 사람이라면 알겠지만, 그리고 회사원을 경험하지 않은 사람은 전혀 이해할 수 없겠지만, 사람의 욕망이란 것에는 정말 무서운 구석이 있습니다. 나는 그걸 회사원이 되고 나서 뼈저리게 느꼈습니다.

'적당한 선에서 만족한다'는 것이 의외로 어려운 일입니다.

평범한 시선으로 보면, 뭐 사장까지 안 되더라도 과장이나 부장쯤이면 충분히 만족스럽지 않겠느냐 싶겠지요. 그 말이 백번 옳습니다. 나 역시 늘 그렇게 생각했고요. 그러나 실제로 회사 속에 있다보면 그게 말이 쉽지, 그리 간단한 일이 아니라는 걸 알게 됩니다.

예를 들어 내가 부장이 되지 못했을 때(실제로 대다수 사람들이 부장이 되지 못합니다), 당연히 자기 이외의 누군가가, 그것도 동기나 후배 중에서 누군가가 부장이 됩니다. 그건 겉으로 보이는 것 이상으로 사람의 마음에 깊은 상처를 줍니다.

입사하고 나서 내내 그렇게 상처 입고 주눅 들고 투지를 잃어가며, 불만과 불우한 감정에 터져버릴 것 같은 심경으로 하루하루를 사는 선배들을 정말로 많이 봐왔습니다. 일반적으로는 임원만 되어도 그야말로 엄청난 출세라고 생각하잖아요? 그런데 사장이 되지 못한 것을 끊임없이 한스럽게 생각하는 전무도 있다니까요, 그 회사라는 곳에는!

정말 어쩌면 그렇게 출세주의자들의 집합체인지!

원래는 모두 '신문기자'가 되고 싶어서 입사한 거 아니에요? 평생 '기자' 해도 좋잖아요!

……라고 그렇게 차가운 시선을 보내고 있었거든요, 나는. 그런데 뜻밖에도, 나 역시 어느덧 인사이동이 발표될 때마다 일희일비하게 되더란 말이죠.

죽음의 트라이앵글

네네, 출세할 분수도 못 되고 그럴 능력도 못 된다는 건 알고 있습니다, 머리로는 그래요. 출세하고 싶다는 생각 없다니까요. 정말이라고요.

그렇지만 지방 근무를 거쳐, 눈 뜬 사람 코도 베어간다는 오사카 사회부에 배정받고, 화려한 '특종기자'는 되지 못했지만 인터뷰나 연재 같은 기획물에서 어떻게든 독자적인 존재감을 발휘하면서 삼십 대 후반이 되었고, 그럭저럭 자신감도 붙어 젊은 부원들에게만큼은 오만한 보스 기질을 풍기고 있었는데, 옆줄로 나란히 서 있던 동기들이 일제히 '사법 캡'이니 '유군遊軍 캡'이니, 멀쩡한 사회부 기자라면 당연히 올라갈 지위를 꿰차는 와중에 아무래도 내 자신은 어느 캡 후보에도 끼지 못했다는 사실을 알게 되자, 나는 나 스스로 의외라고 느낄 만큼 엄청나게 흔들렸던 것입니다.

왜 난 빠졌을까.

물론 누군가 대답해줄 리가 없습니다.

아니, 그걸 물을 용기조차 없었습니다.

"넌 이게 안 되니까" "저게 안 되니까" 하고 나열한들 납득할 수 없을 테니까요. 물론 부족한 부분이 많은 건 충분히 잘 압니다. 그렇지만 내가 정말 알고 싶은 건 그런 게 아닙니다.

그때 내 마음을 지배하고 있었던 건 '혹시 내가 차별받고 있는 건가?'라는 피해의식이었습니다.

나는 회사에서 압도적으로 소수인 여기자입니다. 물론 우리 회사에 제도상으로 성차별 따위는 없습니다. 그래서 어떤 인사이동이든, 그건 '차별'이 아니라 '능력' 때문입니다.

다시 말해 나는 능력 면에서 뒤떨어졌기 때문에 제외된 것입니다. 그렇지만, 하지만, 정말 그럴까? 정말? 다른 사람보다 뛰어나다고는 못해도, 평균점 이하라는 건 너무하지 않은가. 그리고 그걸 누구에게 확인할 길도 없었습니다. 어디까지나 공식적으로는 차별이란 건 존재하지 않으니까요.

해답 없는 질문이란 정말 무서운 것입니다.

이 딜레마에서 빠져나오기 위해 어떻게 해야 할지 고민하고 있을 때, 마음에 소름이 돋았습니다.

내가 할 수 있는 일이라고는 '내겐 능력이 없다'는 사실을 인정하고, 좀 더 노력하는 수밖에 달리 방도가 없었습니다. 아니, 노력하고 싶지 않다는 뜻이 아닙니다. 하지만 노력하고 또 노력해도 그 결과 다시 '제외'되는 일이 끊임없이 반복된다면, 내 정신이 그걸 언제까지 버틸 수 있을까요.

보답 없는 싸움과, 아무리 애써도 불식시킬 수 없는 '차별일지도 모른다'는 의심.

그리고 '차별 따윈 없다'는 회사.

죽음의 트라이앵글이 아니라면 이를 두고 달리 뭐라 할 수 있을까요? 지독하게 악질적인 덫에 걸린 느낌. 회사원은 이렇게나

가혹한 시련을 언제까지나 견뎌내야만 하는 건가요?

그래서, 회사 안에서 제멋대로 자란 나였지만, 앞으로도 계속 그런 식으로 지내긴 힘들겠다는 것을 깨닫기 시작했습니다.

앞으로 나는 인사이동이 발표될 때마다 마음이 헝클어지고 열 받고 한 품은 괴물이 되지 않도록 필사적으로 나 자신을 제어해야 하는 인생을 살아야만 하는 것일까……

눈앞의 광경을 다시 한 번 살펴보니, 거기에 펼쳐져 있는 풍경은 여기저기 함정이 파인 얼어붙은 황야 같았습니다. 그곳을 순진하게 내달릴 수 있을 확률은 아무리 생각해봐도 천문학적으로 낮습니다.

이 어찌 암담해지지 않고 배기겠습니까.

그리고 간과할 수 없는 또 다른 문제가 있었습니다.

'한 단계 더 높은 레벨'의 꿈

뭐 회사는 어떻게든 비실비실 정년까지 다닌다고 합시다. 그런데 그다음엔 어떻게 살 것인가. 재취직을 한다고 해도 분명 수입이 대폭 줄어들 것입니다. 그렇게 되면 지금과 같은 생활을 유지하기란 절대로 불가능해집니다.

돌아보니, 이 무렵 저는 정말 말도 안 되는 소비생활을 하며 살고 있었습니다.

좋아하는 옷은 무조건 사기. 한 달에 한 번은 마음에 드는 옷가게에 가서 산더미 같은 옷들을 차례로 다 입어본 다음 여러 벌을 집어 한 번에 계산합니다. 그 씀씀이가 어찌나 시원시원하게 '남자다운지' 내가 얼굴만 내밀면 점원들 기분이 업 되는 걸 알 수 있었습니다. 레드카펫이 깔리는 느낌이 들 정도였습니다. 그야말로 '나 홀로 프리티우먼' 상태였지요!

화장품도 비싼 것만 샀습니다. 잡지에서 좋다고 소개하는 건 당장 써보고 싶어 안달이 나, 어느덧 점점 비싼 화장품에 손을 대고 있었습니다. 그런데 일단 비싼 화장품을 쓰면, 싼 것으로 바꾸었다가는 바로 피부가 노화될 것 같아 바꾸지 못합니다. 열흘에 한 번은 큰돈을 들여 피부 관리실에도 다녔습니다.

아, 정말이지 지금 돌이켜보니, 네가 연예인이냐? 싶어 어이가 없어집니다. 도대체 나는 무얼 향해 가고 있었던 걸까요?

그뿐만이 아닙니다. 음식에도 탐욕적이었습니다. 밤늦게 일하다보면 매일 밤 동료들과 회식을 합니다. 스트레스가 많이 쌓이는 일이라, 정보지에서 맛집 정보를 항상 체크해두고 여기저기 먹으러 다닙니다. 그러고 보니 경찰서 담당일 때, '복어곤이탕'이란 걸 잡지에서 발견하고 여럿이 그날 밤 택시 타고 몰려가 먹었던 적도 있었군요…… 좋아하는 야키토리 집에서는 메뉴판 처음부터 끝까지 주문을 하곤 했습니다. 맛도 모르면서 엄청나게 비싼 와인을 마신 적도 있었고요. 그런 생활을 하다보면 당연히 살이 오르니, 헬스 비용도 만만치 않게 듬뿍 썼었죠.

아아, 하나씩 점점 다 떠오릅니다…… 출장을 갈 땐 건방지게도 웃돈을 얹어서 신칸센 특등석으로 바꿔 탔었고, 언젠간 비행기도 비즈니스석을 타고 다니겠다는 꿈을 꿨습니다. 아무튼 그때의 나는, 당시 유행하던 말로 대신하면 '한 단계 더 높은 레벨'을 바라고 있었지요. 분수에 안 맞는 월급을 받으며 완전히 착각 속에 빠져 있었습니다. 어렸을 때 부모가 사주지 않았던 것들을 자기가 번 돈으로 하나하나 사들이는 게 자신의 프라이드라고 여겼습니다. 꿈을 실현하고 있다고 헛물을 켜고 있었지요. 게다가 그것으로도 만족하지 못하고 언제나 비현실적인 잡지들을 읽으며 '머스트 해브 리스트'니 '가고 싶은 장소 리스트'를 머릿속에 상비해두곤 했어요……

죄송합니다. 지금 생각해보니 얼굴이 화끈거려 불이 날 것 같군요.

내릴 수 없는 열차

고도 성장기에 유년 시절을 보내며 '좋은 학교' '좋은 회사' '좋은 인생'이라는 황금방정식을 믿어 의심치 않고 살아온 나는 어느새 '황금 만능주의'(돈으로 뭐든 사려는 생활 태도), '우월감 추구'(다른 사람들보다 더 낫지 않으면 만족하지 못하는 정신 상태), '욕망 풀가동'(넘쳐날 정도로 갖고 있으면서도 만족하지 못하고 손에 넣지 못한 것들을 끝없이 원하며 불만을 터뜨리는) 인생을 살고 있었습니다.

욕망은 노력에 동기 부여를 한다. 노력의 결과로 얻은 것들은 당연히 향유해야 하며, 아무리 향유하고 있더라도 뛰는 놈 위에 나는 놈 있으니 나는 더 위로 올라가고 싶다. 올라가야 한다…… 나는 그렇게 여기고 있었습니다.

회사에서든, 생활에서든.

지금 생각해보면, 그것은 내리려야 내릴 수 없는 열차였습니다. 아니, 내리려는 생각조차 못했었습니다. 왜 내려야 하지? 이렇게 반짝이는 삶을 살고 있는데. 이 정도면 뭐, 잘 지내고 있지 않아? 그러나 찬찬히 되돌아보면, 그 열차를 타고 가는 나 자신에게, 왠지 모를 불안 같은 것을 느끼고 있었습니다.

어디까지 가야 하는 걸까? 대체 언제쯤이면 '이 정도면 됐어' 하고 마음속 깊이 만족할 수 있는 날이 올까? 어렴풋이 그런 의문을 품었던 것 같습니다.

앞에서 썼듯이, 예를 들어 세련된 단골 옷가게에 가서 '마이 스타일리스트'인 마음 맞는 점원에게 이것저것 의논하고 산더미 같은 옷과 구두를 하나부터 열까지 입어보고 신어보고, 피팅룸에서 나올 때마다 "어머, 정말 잘 어울리세요!" 하는 말에 기분이 좋아져서 그 남산만한 옷과 구두 속에서 동산만한 옷과 구두를 골라 "그럼 오늘은 이것만 살게요" 하는, 그런 식의 삶이었던 것입니다.

하지만 점원이 치켜세워주고, 어마어마한 돈을 지불하고 내 옷을 손에 넣은 '그 순간'이 행복의 절정이었습니다. 무겁고 거추

장스러운 종이 가방을 들고 겨우 집에 당도하면, 아아, 이건 뭘까요. 이제 그 옷들과 구두들을 종이 가방에서 꺼내는 게 왠지 귀찮아집니다.

처음 그 기분을 깨달았을 땐 정말 충격이었습니다. 왜일까.

실은 따져보고 말고 할 것도 없습니다. 원인은 명확했습니다.

이미 멋진 옷들을 넘쳐날 정도로 갖고 있었기 때문입니다.

옷장이 미어터질 것 같아서 새로운 옷들이 비집고 들어갈 틈도 없습니다. 그걸 억지로 같은 옷걸이에 두 벌씩 걸어놓거나 이미 꽉 찬 상자에 스웨터를 꾹꾹 집어넣고 있자면, 기쁨에 넘쳐 샀어도 몇 년이나 입어보지도 않은 새 옷들이 싫어도 눈에 띄게 됩니다. 그건 분명, 틀림없는 고통이었습니다.

하지만 그걸 알면서도 계절이 바뀌면 옷가게를 찾고, 변함없이 쇼핑에 정열을 쏟습니다. 정말이지 이해가 안 가는 행동입니다만, 당시의 나를 돌아보면 그렇게 하지 않으면 안 된다고 믿고 있었습니다. '풍족한' 나 자신을 그대로 유지하기를 원했습니다.

그것 말고는 스스로를 기쁘게 하고 만족시킬 수 있는 방법을 알지 못했기 때문이겠지요.

그렇게 생각하면 그때의 나를 안아주고 싶습니다. 그땐 그 나름대로 필사적이었던 것입니다. 뭔가가 잘못된 것 같다, 이대로 밀고 나간 그 끝에는 어쩌면 끝없는 나락이 펼쳐져 있는 것은 아닐까, 이대로는 큰일이라고 마음 깊숙한 곳에서 남몰래 두려워하면서, 그저 오로지, 내 나름대로 필사적이었습니다.

그런데 그렇게 욕망을 풀가동하는 생활을 하던 내가 인생의 반환점에 서서, 노후를 리얼하게 상상해보았습니다.

수입의 급감이라는 현실과 마주하고, 원하는 옷도 신발도 사지 못하고, 우아하게 여행도 다니지 못하고, 미식도 참아야 한다…… 없는 것투성이입니다. 즐거운 일 따위가 있을 리 있을까요? 무얼 해도 '옛날엔 이렇지 않았는데' 하는 생각만 들 것 같습니다.

이 상태로 멍하니 인생의 반환점을 돌아버린다면, 인생이 아주 많이 틀어져버릴 것 같습니다. 지금은 사치를 즐긴다 해도, 아니 그렇기에 더더욱, 미래에는 그 사치를 즐기지 못한다는 사실에 멋대로 비참함에 휩싸여 한심한 마음을 품고, 나라가 잘못됐다느니 사회가 잘못됐다느니 요즘 젊은 것들은 한심하다느니, 그런 피해의식에 똘똘 뭉친 심술궂은 노인이 될 것 같습니다. 사람들에게 미움받고 고립되고 누구도 돌봐주지 않은 채 죽어갈 게 틀림없습니다!

절대로 그렇게 되게 놔둬서는 안 된다.

인생의 반환점을 앞두고, 나는 그런 위기의식을 품었던 것입니다.

달라져야 한다

그래서 어찌하기로 했는가 하면, 일에 대해서는 우선 달리 방도가 없었습니다. 인사이동은 회사가 정하는 일이고, 사원은 그에 따라야만 합니다.

하지만 돈 문제는 내게도 할 수 있는 일이 있겠다 싶었습니다.

바로 '돈이 없어도 행복한 라이프스타일의 확립'이었습니다.

이 당시 내가 추구했던 '행복'이란 모조리 돈이 있어야 가능한 것들뿐이었습니다. 조금 더 돈이 있으면 조금 더 행복해질 거라고 생각했습니다. 그러니 아무리 돈이 있어도 결국은 만족하지 못합니다. 아직 모자라니 더 있었으면 좋겠다는 악순환이 지속될 뿐입니다.

이건 곰곰 생각해보니 지옥으로 직행하는 길이었습니다!

근본적으로 사고방식을 바꾸지 않으면 안 되겠다 싶었습니다.

이런 것들을 추구하다보면 돈이 없어졌을 때, 참아야 하기 때문입니다. 참는 건 일정 시간 동안에는 어떻게든 됩니다만, 결국엔 감정에 억지로 뚜껑을 덮는 행위입니다. 평생 동안 지속시킬 수는 없고, 아니, 지속시킬 수 없다기보다 그 이상으로, 절대로 그렇게 참으며 살고 싶지는 않습니다!

그런 것 말고 돈이 없어도 행복하잖아, 하는 '무언가'가 없을까. 아니 좀 더 욕심을 내면, 돈이 없는 편이 더 행복한 무언가가 없을까.

그걸 찾아야만 한다. 찾기만 하는 게 아니라 확실하게 몸에 배게 해야 한다.

선배 기분을 망치려고 무심코 뱉은 한마디가 어느새 그런 결의로 바뀌어가고 있었습니다.

2.
'우동 현'에서 행복해질 줄이야

회사원이라는 인종에게 주어지는 시련

돈이 없어도 행복한 라이프스타일의 확립을 목표로……

쓰고 나니 왠지 여성잡지 표지에라도 등장할 직한 근사한 제목 같습니다만 그것은 그렇게 한가로운 기분으로 떠올린 생각이 아니었습니다. 무엇보다 나는 독신이라서 내 인생을 스스로 책임지지 않으면 아무도 돌봐주지 않을 테니까요. 아무 문제가 없더라도 늙은 여자가 살아가기에 세상은 만만치가 않습니다. 만년에 적어도 마음의 평안을 유지하기 위해서라도 이 문제만큼은 어떻게든 해결해야 합니다.

하지만 그럼 구체적으로 무엇을 어떻게 해야 하나 생각해보니 여간 난감한 문제가 아니었습니다.

'그렇구나! 저렇게 하면 되겠구나!' 하고 모범을 보여주는 선배가 내가 둘러보는 범위 내에서는 아무도 없었고, 그렇다면 스스로 생각해내면 되겠지만, 그때껏 졸부 근성에 빠져 돈 칠하는 생활에 푹 젖어 있었던 까닭에 도저히 아이디어가 떠오르지 않았습니다. '셀프 용돈제'로 매일 쓸 돈에 상한선을 두는 정도가 떠올랐지만, 그건 그냥 절약으로 끝날 공산이 커서 '행복'이라기보다는 '인내'에 가깝습니다.

그래서 한동안 아무것도 못하고 어물어물 시간만 갔습니다.

그러나 인생이란 참 잘 짜인 각본인 것인지, 얼마 지나지 않아 결정적인 사건이 덮쳐왔습니다.

그건 인류에게, 특히 회사원이라는 인종에게 주어진 특별한 시련이었습니다. 그렇습니다, 바로 '인사이동'이었던 것입니다.

당시 나는 38세. 인생의 반환점을 목전에 둔 나는 오사카 데스크에서 시코쿠 가가와 현 다카마쓰 총국 데스크로 이동 발령을 받았습니다.

솔직히, 아닌 밤중에 홍두깨였지요. 신입 때야 기자로서 다들 지방 근무를 경험하지만, 5년차부터는 본사에서 근무했고 그 후 도시의 큰 조직 속에서 일을 해왔습니다. 그러니 나는 이대로 계속 본사 혹은 본사에서 가까운 도시에서 살겠거니 하고 멋대로 믿고 있었던 것입니다.

다카마쓰는 입사 후 처음 부임했던 곳이라 노스탤지어를 느끼는 추억의 장소였고 정말 좋아하는 곳입니다. 하지만 세월 지나 다시 그곳으로 되돌아갈 줄은 꿈에도 생각지 못했습니다. 밖에서 깃발을 꽂으리라 결심하고 도시로 향한 젊은이가, 제대로 꿈을 펼치지도 못한 채 다시 시골 고향으로 낙향한 듯한 애수가 내 마음을 스쳤음을, 부끄럽지만 부정할 수 없습니다.

뭐, 가라면 가야지요. 하지만 왜 하필 나일까요. 그야 뭐 우수 직원도 아니고, 그런 주제에 할 말 안 할 말 다 하는 건방진 인간이었으니. 높으신 분이 "이 불만분자야"라며 얼굴을 찡그린 적도 있었습니다. 이거…… 혹시 차별인가? 하고 또다시 악마의 속삭임이 들려옵니다.

"이나가키 선배, 드디어 섬으로 유배를 가는군요" 하는 후배의 말에 으하하하 으하하하하 웃고 지나쳤지만 마음속은 도저히 평온하지 않았습니다.

14년 만에 되돌아온 다카마쓰는, 그런 내 심상 풍경에 딱 들어맞는, 좀 서글픈 곳으로 변해 있었습니다.

내가 그 전에 근무하던 무렵은 거품경제가 최고조였던 때입니다. 세토 대교가 개통되고, 이제부터 혼슈의 대도시처럼 편리하고 활기찬 생활이 기다릴 것이라며 지역 전체가 에너지에 넘쳐 들떠 있었습니다. 상점가에는 도쿄에나 있음 직한 브랜드가 입점하고, 영화관도 많아져서 휴일쯤 되면 그야말로 사람들로 북적댔습니다.

그런데 내가 다카마쓰를 떠나 있는 동안 거품은 꺼지고 세토 대교도 지역 경제에 활력을 불어넣기는커녕 혼슈에 단물을 쪽쪽 빨아 먹히는 '빨대'로 둔갑해 있었습니다. 다리가 놓인 섬에 화려히 개장했던 관광 시설이 차례로 문을 닫았고, 가가와 현 유일의 테마파크 역시 개장 오픈을 여러 번 되풀이하고도 고전을 면치 못했으며, 그렇게 화려했던 상점가도 망해서 셔터를 내린 채 방치되어 그야말로 황폐한 분위기가 감돌고 있었습니다.

그 대신 활기를 띤 곳은 다카마쓰 교외에 생긴 혼슈 자본의 쇼

핑센터였습니다. 도시 어디에나 있는 대형 체인점이 휴일만 되면 엄청난 정체를 일으킬 만큼 인기몰이를 하는 그 광경은, 마치 내 사랑하는 시코쿠의 영걸 다카마쓰가 혼슈의 식민지가 되어버린 듯한, 나 자신의 '낙향'이라는 감정과 섞이면서 마음을 불편하게 하는 구석이 있었습니다.

여기서 살면서 여기서 일을 해야 하는구나. 괘, 괜찮을까……?

쪼잔하고 필사적인 심경이 인생을 바꾸다

'총국 데스크'란 정말 극기를 요하는 일이었습니다. 본사와 달리 데스크가 혼자뿐이었기 때문에 말 그대로 아침부터 밤까지 회사에 매여 있었습니다. 원래 신문사란, 데스크를 통하지 않으면 기사가 지면에 실리지 않는 구조이지요. 데스크는 무슨 일이 있어도 마감시간에 맞춰 생활해야 합니다.

마감이 끝나도 해방이 아닙니다. 게재 예정인 기획물이나 연재기사를 쓰거나, 기사를 못 쓰고 고민하는 총국 기자 이야기를 들어주기도 합니다. 자고로 신입들은 의욕이 넘쳐 데스크와 의논하고 싶은 일이 산더미처럼 많으니까요. 게다가 말이 전혀 정리가 되지 않아 좀처럼 요점에 접근하지 못하기도 하고요. 날짜가 바뀌어서야 자전거에 몸을 싣고 한밤중의 주택가를 비틀대며 들어가는 일도 종종 있었습니다.

그래서 놀 시간은커녕 외식할 시간도 없었습니다.

다시 말해, 무슨 뜻이냐.

그렇습니다. 돈을 쓸 기회가 없었다는 뜻입니다!

아, 물론 휴일이야 있었으니 쓸려면 쓸 수는 있었겠지요.

그러나 피로한 지방 도시에 도시에서 오랜 세월 헤픈 생활을 하던 내가 '사고 싶다'고 느낄 만한 게 그리 많을 리 없습니다. 도시풍의 가게, 도시풍의 레스토랑이란 역시 도시 그 자체는 아니잖아요.

요약해서 말하면 난 우선 시간적으로, 그리고 매우 안쓰러운 이유로, 그때까지의 '헤픈 생활을 통한 행복의 추구'를 포기해야만 했던 것입니다.

그것은 분명 '돈을 쓰지 않는 라이프스타일'이긴 했습니다.

그러나 행복한 라이프스타일이었느냐고 물으면, 도저히 그렇다고 대답하기 힘듭니다. 칙칙하고 어두운 시골 생활이었을 뿐.

이래선 안 돼!

어떻게든 도시와 다른 즐거움을 찾아내야만 합니다.

돌이켜보니 당시의 나는 '즐거움을 찾는다'는 것에 무척 진지했습니다. 그건 아마도 나를 '유배 보낸' 인간들에게 '날 물 먹였다고 생각하지? 천만의 말씀! 난 요렇게나 재밌고 즐겁고 행복하게 잘 살고 있답니다~' 하고 말해주고 싶은 쪼잔한 심경 때문이었습니다.

하지만 지금 돌아보니 그런 쪼잔한, 그리고 필사적인 마음이 내 인생을 바꿨습니다.

내가 우선 뻔질나게 다닌 곳은 농산물 직거래 장터였습니다.

지금이야 직거래 장터가 인기를 끌고 있지만, 당시만 해도 아직 여명기였던 탓에 생활정보지에서 "직거래 장터에 가보자"는 기사를 읽고서야 처음 그 존재를 알게 되었습니다. 어떤 곳인지 상상할 수도 없었지만 딱히 놀러 다닐 만한 데가 있었던 것도 아니라서 여기라도 가보자, 처음엔 그랬습니다.

다카마쓰에서의 첫 휴일, 한 손에 지도를 들고 헤매면서 지붕만 붙어 있는 어수선한 공간에 도착했습니다. 그런데 그게 내 맘에 쏙 들지 뭡니까.

컨테이너에 든 채소들이 호기롭게 줄지어 있었습니다. 조신한 마트 채소들과 달리 극소 사이즈에서 특대 사이즈까지, 구부정한 것에서 두 갈래로 갈라진 것까지 뻔뻔하게 한자리씩 차지하고 있었습니다. 농가 아주머니들이 만든 초밥이며 곤약이며 떡이며, 아무런 맥락 없는 것들도 보란 듯이 놓여 있습니다.

이런 와일드함이라니! 마침내 찾은 빅 재미! 그리고 무엇보다 이런 곳이 도시에는 있을 수 없다는 사실이 기뻤습니다. 흙 묻은 채소를 한 아름 사 들고 필요 이상으로 기세등등하게 집으로 돌아왔습니다.

무느님 나오셨다, 하는 행복감

그 후 휴일이 되면 빠짐없이 각지 직거래 장터를 순례하는 생활이 시작되었습니다. 잎채소 종류가 많은 곳, 쌀 종류가 많은 곳. 산에 있는 직거래 장터에서는 가을이 됐다 하면 이제껏 본 적 없는 버섯들이 쏟아져 나옵니다. 게다가 양손 가득 사봐야 다 해서 1000엔도 안 돼요!

명품 옷을 사는 것과 (크게) 다를 바 없는 즐거움을 담뿍 안겨

주는데 이 가격이라니!

혹시…… 돈이 없어도 행복하다는 건 이런 걸까?

하지만 직거래 장터의 매력은 '싸다'는 것만이 아닙니다.

나는 직거래 장터에 '없는 것'이 많다는 점에 끌렸습니다.

마트에는 어느 계절이든 채소들은 대체로 다 갖춰져 있습니다. 그러나 직거래 장터에서 채소를 사면서는, 채소라는 것은 본디 그것들의 계절이 오지 않으면 수확할 수 없다는 점을 좋든 싫든 알게 됩니다.

무를 예로 들어보지요. 자랑일 리 없지만, 무 철이 언제인지난 전혀 몰랐습니다. 언제든 어묵이니 조림이니 무즙이니, 먹고 싶을 때 먹을 수 있는 건 줄 알았습니다. 그런데 말입니다, 직거래 장터에서는 무는 찬바람이 불지 않으면 절대로 나오지 않습니다. 무가 없네, 아직도 안 나왔네, 아, 언제 나오나, 무 하고 목을 빼고 기다리다가 드디어 제철이 되어 만나는 기쁨. 돌연 직거래 장터 선반 여기저기가 큼직한 무로 꽉 들어차게 됩니다.

이제야, 드디어…… 왔구나, 왔어! 그렇게 들뜨는 순간입니다.

그러면 우리 집 식탁에는 실컷 무 요리가 나옵니다. 날이 따뜻해지면 사라지고 말 테니 필사적으로 먹습니다. 배추도 그렇죠. 대파도 그렇습니다. 물론 여름이 와야 등장하는 채소도 많지요. 토마토, 가지, 피망. 채소는 인간들 사정에는 아랑곳하지 않고, 그저 자기 속도에 맞춰 세상에 나옵니다.

이런 걸 어떻게 생각하시는지요? 음, 불편해, 곤란한데…… 그렇게 느끼시겠지요?

근데요, 제철에만 겨우 만나는 무, 이게 놀랍게도 나한테는 엄청난 호사로 느껴진 겁니다.

언제든 마트에서 살 수 있을 땐, 기쁘다고도 다행이라고도 생각지 않았습니다. 그러나 여름이 지나 조금씩 쌀쌀해지고 더욱 더 추워지면, 이제 슬슬 무가 나올 계절이구나, 후후 불면서 무조림을 먹고 싶어라, 아직 안 나오나, 아직도 안 나오나, 무님! 와아, 무느님 나오셨다! 그런 기쁨은 정말 가슴 뛰는 구석이 있습니다. 이 재미를 알면 더 이상 마트에는 못 갑니다, 못 가요.

물론 다카마쓰에서도 마트에선 언제든 무를 살 수 있지요. 하지만 제철에 사는 즐거움을 맛보고 나면, 마트의 편리함이 허전하게 느껴집니다.

언제든 채워진다는 것은, 물건이 없던 시절에는 엄청난 호사였을 겁니다. 하지만 언제든 무엇이든 다 있는 지금, '있다'는 것을 호사라고 생각하는 사람이 과연 얼마나 될까요?

오히려 '없다'는 게 훨씬 사치스럽습니다. 훨씬 더 호사입니다.

그러니까 직거래 장터는 내게 돈이 없어도 즐길 수 있는 장소가 되어주었을 뿐 아니라, '없다'는 것이 '있다'는 것보다 훨씬 풍요로운 느낌을 주는, 그때까지 전혀 생각지도 못했던 발상의 전환을 일으키는 곳이 되었습니다.

생각지도 못한 곳에서, 무언가를 발견하기 시작한 것입니다.

복사꽃을 본 적이 있나요

그리고 다카마쓰에서 발견한 또 하나의 즐거움이 '산길 걷기'입니다.

이것도 근처 서점에서 『가가와의 산』이라는 책을 발견한 것이 계기가 되었습니다. 그 책에 실린 산들은 가가와 사람들도 모르는 작은 뒷산들이었습니다. 일본 100대 명산 같은 데를 오르고 싶은 마음이 왜 없었겠어요. 하지만 가가와에는 아쉽게도 그런 산이 없습니다. 그렇다고 총국을 책임지는 '나홀로 데스크'가 오봉과 설 연휴 이외에 가가와 현 밖을 나갈 수도 없으니, 있는 대로 즐길 수밖에 없었습니다.

지도를 확인하고 농가 사람들에게 물어물어 어디 숨었는지 모를 등산로를 겨우 찾아내, 다 허물어져가는 산길을 묵묵히 오릅니다. 그런 밋밋한 산을 오르는 사람이 거의 없는지, 농가 사람들한테서 어딜 가느냐, 거길 왜 가느냐, 꽤 웃음을 사곤 했습니다.

그런데 그게 정말 굉장했습니다.

여전히 추위가 가시지 않은 초봄, 살포시 비치는 햇빛 속에서 바라보는, 세상을 온통 뒤덮은 복사꽃 말입니다.

복사꽃을 본 적이 있나요? 분홍색에 벚꽃보다 튼튼하고 무척 요염합니다. 그게 눈길 가는 곳마다 온통 흐드러지게 피어 있습니다. 도쿄 근교 같으면 지금이 꽃구경 시기라며 관광버스가 줄줄이 서 있을 텐데 여기엔 아무도 없습니다. "이게 바로 천국이지!" 하고 혼자서 흥분하지만 그 기쁨을 함께 나눌 사람이…… 없습니다.

어느 추운 겨울날, 산속 작은 절을 향하는데 갑자기 눈이 내렸습니다. 급경사에 들러붙듯이 서 있는 절에 도착했을 때에는 온통 눈발이 날렸지만 그 속에서 홀로 종을 칠 수 있었습니다

(쳐도 좋다고 쓰여 있었거든요!). 사방을 둘러보아도 아무도 없는 가운데 뎅— 하는 진동이 눈보라 속을 퍼져나갑니다. 실로 꿈같은 순간이었습니다. 그렇지만 역시 감동을 함께 나눌 사람이…… 없습니다. (웃음)

계절마다, 그리고 날씨에 따라 전혀 다른 얼굴을 보여주는 자연. 그 속을 혼자서 헤쳐 들어가면 한발 앞에 무엇이 기다리고 있을지 상상조차 할 수 없습니다.

이런 놀라움과 고난과 감격의 연속을 경험하면, 테마파크나 게임 따위, 비싼 돈을 지불하고 즐기는 인공적인 오락 따위, 김빠진 풍선 같습니다. 실로 "인생, 도처에 아름다운 청산이 있나니." 게다가 그걸 즐기는 데 한 푼도 들지 않지요.

투명한 웃음

그렇게 하루하루를 보내던 와중에, 지금도 잊지 못할 일이 일어났습니다.

어느 날, 평소처럼 장시간 노동에 녹초가 된데다, 고약하고 무능하고 가진 거라곤 권력뿐인 본사 데스크(죄송합니다. 그땐 그렇게 생각했거든요)와의 아무 결실 없는 교섭에 모든 것을 다 때려치우고 싶어졌으나 물론 그렇게 하지 못하고, 그래도 휴일만큼은 이대로 보낼 수 없다며 필사적으로 새벽에 일어나 산길을 부지런히 걷고 있었습니다. 나이는 한 일흔쯤 되었을까, 어떤 오헨로상*의 모습을 한 할아버지와 스쳐 지나갔는데, 늘 그랬듯 "안녕하세요" 하고 인사를 주고받은 나는, 순간 전혀 예기치 못한 격한 감정에 휩싸이고 말았습니다.

그대로 터벅터벅 혼자 걷다가 갑자기 엄청난 기세로 눈물이 쏟아져내렸고, 그 눈물은 멈출 줄을 몰랐습니다.

슬프다 혹은 기쁘다, 그런 감정이 아니었습니다.

굳이 말하자면 '무無'였습니다.

하지만 대단히 격렬한 무. 왠지 모르게, 하염없이 무언가가 녹아내리는 느낌이었습니다.

원인은 분명했습니다. 나는 그만 할아버지의 웃음에 허물어졌던 것입니다.

---

* 시코쿠 가가와 현 해안선을 따라 자리한 88군데의 사찰을 순례하는 사람들을 지칭하는 말. '오헨로 순례길'은 일본인들이 일생에 한 번은 꼭 걸어야 할 '인생의 길'로 꼽힌다.

혼자 산길을 걷고 있으면 종종 그 독특한 흰 웃옷과 지팡이를 짚은 오헨로상과 마주칩니다. 가가와 현 산길은 오헨로 순례길과 포개지는 곳이 많습니다.

그런데 그 오헨로상의 웃음이, 정말이지 대단합니다.

내 인생에서 그 전에도 그 후에도 그런 웃음은 본 적이 없습니다. 스쳐 지나며 "안녕하세요" 하고 인사를 나누었을 뿐인데, 평범한 다른 사람들도 인사를 할 때에는 웃기 마련인데, 그 흰 옷을 입은 오헨로상의 웃음은, 뭐랄까, 그 이면에 어떠한 속마음도, 주저도, 쑥스러움도 없는…… 아아, 뭐라 표현할지 모르겠습니다. 굳이 말하자면 '투명한 웃음'입니다. 아아 그래, 웃음이라는 게 원래는 이런 표정이었구나, 처음으로 깨닫게 되는 그런 웃음……

그리고 그날, 그 웃음이 내 속에 있던 작고 딱딱하고 뾰족한 돌멩이에 빔 광선처럼 꽂혔던 것입니다. 그것은 내 속의 응어리를, 이유도 모르게, 한순간에 녹여버렸습니다.

그 후, 대체 그 표정은 어디서 오는 걸까, 깊이 고민하지 않을 수 없었습니다.

오헨로상들은 이웃한 도쿠시마 현에서 출발해 고치 현, 에히메 현 길을 걸어 이곳 다카마쓰 근처에서 그 여정을 마칩니다. 저마다 여러 감정들을 품고 혼자서 고생길을 묵묵히 걸어갑니다. 그 속에서 여러 사람들과 자연의 친절함과 시련을 맞닥뜨리다 겨우겨우 목표점에 다가갑니다. 그런 상황을 뚫고 지나기에 그런 웃음을 지을 수 있는 거라면……

행복이란 게 대체 뭘까요. 우리는 매일같이 물건이나 돈이나 지위를 추구하며 허덕이고 있습니다. 그걸 손에 넣으면 행복해지리라 믿기 때문입니다. 하지만 오헨로상들은 아무것도 없이 그저 몸뚱이 하나로 혼자 고통 속에 자신을 던져넣습니다. 그곳에는 아마 다른 사람에게는 말할 수 없는, 어찌 해볼 수 없는 고통이 가로놓여 있었을 것입니다. 그곳에 행복이 있을 것이라는 생각에 순례에 나서진 않았을 겁니다. 하다 못해 그렇게 하는 것이겠지요.

그리고 마지막에 획득한 것이 그 투명한 웃음입니다. 아니, 그건 획득한 것이 아니라, 그 사람 마음에 원래 있었던 것이겠지요. 순례길에 오르기 전까진 그 존재조차 잊혔던 것, 가슴속 깊이 시들어 버려졌던 것. 그랬던 것이, 욕망도 생각도 원망도 모두

다 버렸을 때, 비로소 물을 만난 듯 생생히 되살아나 밖으로 표출된 것이 아닐까요.

나는 그때껏, 끊임없이 무언가를 얻는 것이 행복이라고 생각했었습니다. 그러나 무언가를 버리는 것이야말로, 어쩌면 진정한 행복과 통하는 길일지도 모릅니다……

이렇게 되자 돈을 쓰지 않아도 행복한 라이프스타일은커녕, 돈과 행복의 관계조차 도무지 알 수 없게 되었습니다.

그런 생각들을 하다보니 무슨 일이 일어났을까요?

그렇습니다. 점점 돈을 쓰지 않게 되었습니다. 아니, 쓰지 않는다기보다 딱히 '쓰고 싶다'는 욕구를 느끼지 않게 되었습니다.

그리고 그 결과, 어느새 조금씩, 그러나 착실히 돈이 모이기 시작했습니다.

우동과 저축의 상관관계

돈이란 참 묘합니다.

누구나 돈이 있으면 행복하고, 없으면 불행할 것이라고 여깁니다. 나 역시 계속 그래왔습니다. 그래서 돈을 갖고 싶어하는 것이겠지요. 그런데 아무래도 이 돈이란 게, 그렇게 단순하지만은 않은 것 같습니다. 생각보다 꼬여 있다고나 할까요, 성격이 복잡한 것 같습니다.

'돈이 많았으면' 하는 사람들(과거의 나)에게는 좀체 돈이 모이지 않습니다. 일단 모인다 해도, 금세 떠나버리고 맙니다. 들어오는 즉시 써버리니까요. 그런데 '이제 돈은 별로'라고 생각하는 순간, 왠지 돈이 다가와서는 좀처럼 떠나려고 하지 않습니다.

나는 그걸 가가와 현에서 배웠습니다. 여전히 내게 돈은 영원한 수수께끼입니다. 돈이 이성 같은 존재가 아닐까 싶기도 합니다. 쫓아가면 도망가고, 그래 맘대로 해라, 하고 무심한 태도를 취하면 왠지 그쪽에서 다가옵니다.

말이 나온 김에, 돈에 관한 얘기를 좀더 해보겠습니다.

'섬으로 유배'를 당한 덕분에 인생에서 하나의 지혜를 얻고 그 결과로 돈을 쓰지 않게 되면서 다시 그 결과로 돈이 모이게 되었는데, 그렇다면 그게 과연 전국의 많고 많은 다른 지역으로 발령을 받았다고 해도 가능한 일이었을까 상상해보면, 좀 달라졌을지도 모르겠다는 게 제 생각입니다.

가가와 현은 실은 '돈'에 대해 전국적으로도 독특하기 그지없는 철학을 지닌 곳이니까요.

별로 알려지지 않았지만, 가가와 현에는 일본에서 제일가는 게 '두 가지' 있습니다.

하나는 모두 다 알고 있는 '우동'. 한 세대당 우동과 메밀국수 소비량이 단연코 선두입니다. 전국 평균의 두 배 이상이니까요. 나 역시 신입 시절 가가와 현에서 근무할 땐 출입처에서 점심으로 배달시킨 우동을 반드시 얻어먹었습니다.

그때 그 우동 집에 대해 덧붙이자면, 사누키 우동이니 뭐니 하며 우동 붐이 일어난 다음인 지금에야 가이드북에 반드시 실릴 만큼 유명해졌지만, 당시에는 그저 평범한 동네 우동 집으로밖에 생각지 않았습니다. 그러나 정말이지 참 맛이 있었어요. 대부분 곱빼기를 시켰습니다. 밤에 술을 마신 다음 '해장 우동'을 먹는 것도 당연한 수순이었고요. 그리고 우동은 꽤 살이 찐답니다…… 그러니 당시 난 틀림없이 인생에서 가장 살 찐 시절이었습니다. 하지만 단언컨대 후회는 없습니다!

아, 이야기가 빗나갔군요. 그러나 그만큼 가가와 현 사람들은 툭하면 우동을 먹습니다. 쉽게 말해 우동은 무슨 특별한 음식이 아니라, 그곳 주민들에게는 일상적인 '주식'입니다.

그런데 또 하나 일본 제일이 있는데, 이건 그다지 잘 알려지지 않았을 겁니다. 가가와 현은 한 세대당 평균 저축액이 일본에서 가장 높습니다(2008년 기준).

이건 좀 의외가 아닐까요? 무엇보다 시코쿠*의 경제 활동을 일본 전체에서 조망해보면 상당히 소규모니까요. 네 현을 다 합쳐도, 시코쿠의 GNP는 일본의 겨우 3퍼센트라 합니다. 경제 규모가 그 정도니 그곳 사람들도 그다지 돈을 벌지 못하는 셈이죠.

하지만 저축액은 많습니다. 이건 대체 무슨 뜻일까요.

답은 하나뿐입니다.

가가와 현 사람들은 돈을 쓰지 않습니다.

그런데 이 '우동 소비량이 일본에서 제일'이라는 것과 '저축액이 일본에서 제일'이라는 것 사이에는 매우 밀접한 관계가 있다는 게 제 가설입니다. 그리고 이 가설 자체가 돈에 대한 내 사고

---

* 일본의 주요 4섬 중 하나. 도쿠시마, 가가와, 에히메, 고치의 4현이 포함된다.

방식에 실로 커다란 영향을 미치고 있습니다.

가가와 현 사람들은 왜 돈을 쓰지 않을까? 그건 뭐니 뭐니 해도 이 '우동'에 원인이 있다는 게 제 생각입니다.

무엇보다 가가와 현의 우동은 정말 저렴합니다. 가가와 현 사람들이 일상적으로 이용하는 '셀프' 우동 집인 경우, 우동만 들어간 경우엔 한 그릇에 100엔대. 여기에 무엇을 넣느냐에 따라 가격이 달라지긴 하지만, 기분이다 하고 튀김을 세 종류나 넣어 봐야 500엔을 넘기기 힘듭니다. 1000엔까지 도달하려면 그냥 우동으로만은 있을 수 없는 가격입니다.

그래서 가가와 현 사람들은 도시에서라면 당연한, 런치에 1000엔 이상 받는 가게에는 가려고 들지 않습니다. 왜냐하면 그들이 반드시 내뱉는 대사가 바로, "그 돈이면 우동을 ○○그릇 먹을 수 있겠다"이니까요. 다시 말해 우동 한 그릇이, 그들이 물건 가격을 따질 때의 단위라는 말입니다. '엔'이 아니라 '우동'인 셈이지요.

시험 삼아 해보세요. 우동은 엄청나게 리얼리티를 느끼게 하는 단위입니다. 엔으로는 배가 부르지 않지만, 우동은 인간을 반나절은 확실히 살아남을 수 있게 합니다. 인간은 먹지 않으면 살아갈 수 없잖아요. 다시 말해, 물건이나 서비스가 싸냐 비싸냐를 판단하는 기준이 우동인 셈인데, 그건 살아가기 위해 돈을 어떻게 써야 할지 하는 문제를 순간적으로 판단한다는 뜻입니다.

예를 들어 가가와 현에서 고전을 면치 못하는 사업이 테마파크입니다. 거품경제 무렵, 놀이공원이나 테마파크 같은 시설들이 우후죽순처럼 생겨났는데, 많은 경영자들이 이 방법 저 방법을 다 써보고 리뉴얼을 하면서 어떻게든 손님을 끌어보려고 애썼지만 성공하지 못했습니다.

대체 무엇 때문이었을까요? 당시 젊은 기자들에게 취재를 시켰는데, 입장료가 몇천 엔이나 드는 시설은 가가와 현에서는 성립되지 않는다나요. 왜일까요? 그렇습니다, 가가와 현 주민은 "입장료만으로도 우동을 몇십 그릇이나 먹을 수 있겠다"고 생각하니까요. 말도 안 되게 비싼 겁니다. 아깝잖아요. 엄청 깐깐한 거죠. 테마파크는 꿈을 파는 장사인데, 그런 드리머의 논리가 가가와 현 사람들에게는 먹히지 않는 겁니다.

그게 좋냐 나쁘냐는 받아들이는 방식에 따라 다르겠지요. 하지만 분명히 말할 수 있는 것은 이런 방식으로 사고를 하다보면,

착실하게 돈이 모인다는 것입니다. 게다가 돈을 모은다고 하면 대부분의 경우 '인내'가 필수적이고, 바꿔 말하면 미래의 안심을 위해 지금을 희생시킨다는 사고방식이 상식적이라고 볼 수 있는데, 가가와 현 사람들은 그렇지가 않습니다.

그들은 테마파크에 가고 싶은데 참는 게 아닙니다. 그저 납득할 수 없는 돈은 쓰고 싶지 않다는 것이죠. 그 편이 마음이 편하기 때문입니다. 그 결과 돈이 모입니다.

이건 정말 굉장한 일 아닌가요? '우동' 현 사람들은 그걸 당연하다는 듯 척척 해내고 있습니다.

그것뿐만이 아닙니다. 또 하나, 내가 정말 대단하다고 느끼는 게 있습니다.

그건 바로 그들의 '기축통화'인 우동을 파는 사람들입니다.

『무서운 사누키 우동』이 베스트셀러가 된 걸 계기로 '사누키 우동 붐'이 일었고, 그때까지 지역 주민을 상대로 소박하게 영업하던 우동 집들에 전국에서 '순례'하러 찾아오는 사람이 많아졌습니다. 그 영향으로 시골 작은 점포에 타지 번호판 자동차가 몰려오고 긴 행렬이 생겨 가게 사람들은 이웃 주민들의 불평에도 대처해야만 했습니다. 스스로 주차장을 확보하거나 손님이 편안히 우동을 먹을 수 있게 가게를 확장해서 테이블과 의자를 더 내놓기도 하며 나름대로 투자를 해야만 하는 가게도 적지 않았습니다.

이쯤 되면 멋모르고 철없는 내 생각엔 보통 그렇게 투자를 하면, 그리고 이렇게 손님이 모이면, 조금쯤 가격을 올려 돈을 벌어보겠다는 가게가 등장해도 이상할 게 없습니다.

물론 일부에선 그런 가게도 있었을지 모르겠습니다. 하지만 대부분의 가게들은 붐이 일었다고 해서 가격을 올리지는 않았습니다. 변함없이 한 그릇에 100엔대 가격으로, 변함없이 밀려드는 손님들을 수습하고, 그야 물론 정신없이 바쁘기야 했겠지만, 그럼에도 불구하고 침착하게 영업을 계속했습니다.

이것이야말로 기축통화인 우동을 다루는 사람들의 긍지가 아닐까요. 장사란 그저 팔아서 돈만 벌면 되는 게 아닙니다. 물건의 가격이란 수요와 공급만으로 성립되는 것이 아닙니다. 그 '물건'이 무엇인지에 따라, 허용되는 가격과 허용되지 않는 가격이 있습니다. 그 분수를 지키는 것이야말로 먼 장래까지 내다보았을 때 그 장사를 보호하는 길입니다. 물론 손해 보고 본전도 못 찾는 건 말이 안 됩니다만, 너무 많이 벌어서도 안 됩니다.

뭐, 그런 건 내가 말하지 않더라도 장사를 하는 사람이라면 충분히 알고도 남겠지만, 말은 쉬워도 행동은 어려운 법입니다. 특히 모든 일은 대체로 일이 잘 풀려갈 때 잘못의 씨앗이 자라기 마련이지요. 그렇게 생각해보면, 공전의 붐 속에 있었으면서도 그저 손님들을 기쁘게 하려는 마음, 이웃에 피해를 주지 않으려는 마음, 그리고 우쭐해져서 지나치게 돈벌이에 급급하지 않으려는 마음, 그걸 지키고 '우동 현'의 기축통화를 만들어낸 사람들의 진정성에, 그 의지에, 새삼스레 경제란 무엇인가, 돈이란 무엇인가에 대해 깊이 생각하게 됩니다.

고맙게도 이런 위대한 '우동 현'에서 살 수 있게 된 나 역시 착실히 변해갔습니다. 돈에 대해서도 좀 더 진지하게 고민할 필요가 있다고 생각했습니다. 그저 돈이 있으면 행복하고 윤택하며, 없으면 불안하고 불행하다고, 그때까지는 그저 그렇게 여겼지만, 돈이란 게 그리 단순하지 않을지도 모른다는 생각을 마침내 하게 됐습니다.

나 혼자 돈을 벌어들여 제멋대로 펑펑 쓰고 살면 행복할까. 아니, 분명 그렇지 않을 겁니다. 돈이란 욕심을 부리지 않으면 자연히 모이기 마련입니다. 그런데 문제는 그걸 어떻게 쓸 것인가 하는 것입니다. 그 씀씀이의 방도에 따라 그저 '좋아하는 물건을 사는 것' 이상의 좀 더 재미있는 것, 좀 더 굉장한 것을 얻을 수 있지 않을까 하는 의문이 사라지지 않습니다.

말로 잘 표현하지는 못하겠지만, 아무튼 사누키 사람들에게 배운 바는 정말이지 대단히 컸습니다.

무섭구나, 사누키 우동.

정말 무서운 것은 우동 현 사람들이었지만.

아무튼 '사누키 우동 현'이라는 지역과 인연을 맺은 저 역시 돈을 쓰지 않는 생활이 완전히 몸에 배게 되었고, 그야말로 인생의 반환점에서 '돈을 쓰지 않아도 행복한 라이프스타일'을 착실하게 익힐 수 있었습니다.

회사를 그만둔다고?

그리고 생각해보니 이 무렵, 나는 기념비적인 한마디를 내뱉었습니다.

다카마쓰에 사는 친한 친구와 이야기를 나눌 때였습니다.

신문사란 전근이 빈번한 곳이라, 내가 발령받은 총국 데스크인 경우에는 2년 정도면 다른 근무지로 이동하는 게 일반적이었습니다. 우연히 그런 얘기가 화제에 오르자, 그 친구가 "아아, 안 갔으면 좋겠다. 쓸쓸할 것 같아. 이참에 회사 관두고 다카마쓰에서 살지 그래"라고 말했습니다. 물론 진심으로 그런 제안을 한 건 아니었을 겁니다. 친근함을 그런 형태로 따스하게 표현해준 것이겠지요.

그러니 나 역시 평소 같으면 가볍게 웃어넘길 일이었습니다. "어떻게 그러니?" 하고 웃어버리든가 "그치, 그냥 여기 확 눌러 살까?" 하고 농으로 받아치든가.

그런데 그때, 그녀의 말이 내 머릿속에서 이상하게 잔향으로 남았습니다.

회사를…… 그만…… 둔다고?

그런 건 그때까지 생각해본 일도 없었습니다. 겨우 안정된 회사에 취직해 그 속에서 나름대로 싸워왔고, 이런저런 실수를 거듭하긴 했지만 어찌어찌 여기까지 올 수 있었습니다. 그건 앞으로도 계속 회사에서 일하는 게 당연하다는 전제가 있었기 때문입니다. 그렇기 때문에 싫은 일이 있어도 괴로운 일이 있어도

"다 때려치워버리겠어!" 하고 상을 뒤집지 않고, 여기서 버티지 못하면 끝이라면서 스스로를 다독여왔던 것입니다.

하지만, 설마…… 그만둔다고? 도중에?

그런데 이때, 아주 언뜻, 마음속에서 '어쩌면…… 그럴 수도 있겠다' 싶은 마음이 깜박인 것 같습니다. 왜냐하면 불쑥 나는 이렇게 대답했으니까요.

"아니, 50까지는 못 그만둬. 50이 되면 생각해볼게."

아아, 말이란 참 무섭습니다. 순간적으로, 그때까지 떠올리지도 않았던 말이 갑자기 튀어나오다니.

하지만 후일 돌이켜보니, 모든 말에는 그 나름의 이유가 켜켜이 쌓여 있지 않나 싶습니다.

그때 왜 그런 말을 했을까? 지금 생각해보니 무엇보다 역시, 그곳에서 '돈이 없어도 행복하게 살아가는 방법'을 찾아가고 있었다는 게 가장 컸던 것 같습니다. 노골적으로 말하면, 회사와 회사원을 가장 강하게 이어주는 것, 그건 역시 '월급'입니다. 대부분의 경우, 회사원은 월급에 맞는 생활을 하려고 합니다. 그렇기 때문에 월급의 많고 적음에 상관없이 회사를 그만두게 되면 그때까지의 생활을 유지하지 못하게 됩니다. 회사를 그만두는 게 그래서 정말 어려운 것입니다.

하지만 나는 다카마쓰에서 '받는 만큼 쓰는' 생활에서 점차 멀어져가고 있었습니다. 미래를 위해 꾹 참았던 게 아닙니다. 그것으로 충분히 즐거웠기 때문, 아니 오히려 그 편이 더 즐겁다는 생각을 하기 시작했기 때문입니다. 그 결과, 뜻하지 않게 '받는 돈'과 '쓰는 돈'이 분리되었습니다. 무엇보다 내가 마음 편한 독신이라서, 마음만 먹으면 언젠가 회사를 그만두는 것도 선택지로서 있을 수 있겠다는 생각을 순간적으로 한 것 같습니다.

왜 갑자기 50이라는 숫자가 나왔는가 하는 부분은 여전히 미스터리입니다만 단 하나, 짐작 가는 부분이 있습니다.

과거 종교학자인 야마오리 데츠오 선생님을 취재하러 간 적이 있습니다. 아마도 그때 "고대 인도 사람들은 인생을 네 단계로 나누었다"는 말을 듣고, 그것이 무척 강렬한 인상으로 남았기 때문이 아닐까 합니다.

선생님이 말씀하신 네 단계란 '학생기學生期' '가주기佳住期' '임주기林住期' '유행기遊行期'입니다.

'학생기'란 사회에 나오기 전을 말하는 거죠. 부모의 보호 아래 자라고 학교에서 배우고 홀로서기를 위한 준비를 합니다.

그다음 '가주기'에는 사회에 나아가 일을 하고, 개인사적으로는 가정을 꾸려 아이들을 키웁니다.

……여기까지는 일반적인 사고방식일 것입니다.

다른 건 그다음입니다.

보통 회사에 취직한 사람들은 정년퇴직할 때에 일을 그만둡니다. 그리고 '정년 후'의 인생이 시작됩니다. 고령 사회가 되면서 이 시기를 '제2의 인생'이라 부르는 사람들도 늘었습니다만, 아무튼 다들 '학생기' '가주기' '정년 후'의 세 단계로 인생을 파악하고 있지 않을까요?

그러나 고대 인도인들은 이걸 다시 두 단계로 나누었다고 합니다. 그 중심이 되는 것이 세 번째 '임주기'입니다.

'임주'란 다시 말해 숲에 사는 것을 뜻합니다. 출가지요. 일도 아이를 키우는 일도 일단락되면 가정을 떠나, 세속을 떠나, 아무것도 없는 숲에 들어가 삽니다.

세속을 떠난다고 해도 완벽하게 떠나는 것은 아닙니다. 때때로 가족을 만나러 집으로 돌아가기도 합니다. 마지막 '유행기'에서는 완전히 종교적 세계로 들어가는데, 임주기는 거기까지는 아직 아닙니다.

퇴로를 완전히 끊어버리는 게 아니라, 비유하자면 '종교 생활 맛보기' 비슷한 느낌이랄까요? 어중간하다면 어중간한 거고, 무책임하다면 또 무책임한 거죠.

하지만 수명이 이렇게나 늘어난 지금, 이 '임주기'라는 사고방식은 앞으로의 인생관에 커다란 힌트가 되리라는 게 야마오리 선생님 말씀이셨습니다.

당시 나는 30대 초반이었기 때문에 흥미로우면서도 여전히 남의 일처럼 느꼈었는데 나이가 들면서 이 '임주기'가 조금씩 나 자신의 문제로 다가오기 시작했습니다.

회사에서도 중견 정도가 되면 가까운 선배가 정년퇴직하는 일이 잦아집니다. 그때마다 상당히 힘들어 보였습니다. 돈도 돈이지만, '무엇 때문에 사는가' 하는 목표를 잃은 괴로움은 옆에서 보는 것 이상으로 컸을 테지요. 그것은 나 자신을 뒤돌아보더라도 잘 알 수 있습니다. 조직 속에서 계속되는 경쟁을 거치며 이기면 그만큼의 지위와 보수를 얻을 수 있다는 '잘 짜인 게임'을 몇십 년 되풀이했던 사람에게, 유유자적한 생활 따위가 매력 있게 느껴질 리 만무합니다.

그러고 보니 '회사원' → '정년 후'라는 것은 너무 난폭한 기어 변속입니다.

정년이란, 어디까지나 회사가 임의로 구분한 물리적 시기에 지나지 않습니다. '제2의 인생'이라지만 그건 덤으로 얻은 인생도, 2류 인생도 아닐 터. 회사원은 정신없이 일하고 정신없이 버는 게 인생의 '황금기'이고 가장 빛나는 시절처럼 생각하기 쉬운데, 생각해보면 사람의 일생에서 겉이니 속이니, 본방이니 연습이니, 그런 게 있을 리 없습니다. 모든 시간이 더없이 소중한 자기 인생입니다.

그렇게 생각하니 '제2의 인생'이란 예상보다 훨씬 진지하고, 나름 시간과 정성을 들여 찾아야만 하는 게 아닐까, 그렇다면 '임주기'란 어쩌면 그 소중하고 중요한 무언가를 '찾아가는 시간'이 아닐까, 그럼 그걸 대체 언제부터 시작하면 좋을까? 마침내 그런 의문이 마음 한편을 차지하게 되었습니다.

'언제부터'에 대한 답은 적어도 정년 이전이 낫겠다는 생각을 했습니다. 아니, 물론 정년 후여도 상관없겠지만, 다른 사람이 멋대로 정한 정년이라는 시기를, 이런저런 잡일에 쫓겨 준비도 결의도 충분치 않은 상태에서 맞이하다가는, 결국 멍한 상태에서 '노후'라는 시간으로 돌입할 것만 같았습니다.

체력 문제도 있습니다. 뭔가 새로운 일을 하려면 그만한 에너지가 필요합니다. 물론 개인차가 크겠지만 제 경우 60세는 좀 늦은 감이 있었습니다.

그런 이유들로 왠지 막연히 '50대'='임주기'라는 생각이 아무래도 내 마음 한구석에서 소용돌이치고 있었던 것 같습니다.

그런 잠재의식이 이 다카마쓰에 사는 친구와의 대화 도중에 돌연 밖으로 표출되었으니, 나 스스로도 그 사실에 무척 놀랐습니다.

'50까지는 버텨보겠다.' 그렇습니다. 아직 회사를 그만둘 수는 없었습니다. 그만두고도 잘 지낼 수 있을지, 생활을 포함한 나름의 계획과 준비가 필요했으니까요. 그리고 무엇보다, 나는 아직 회사에서 해야 할 일을 다 하지 못한 느낌이었습니다. 좀 더 나 자신의 힘을 키우고 싶었고, 동료들과 선배들에게 배우고 싶었고, 회사에 대해 은혜도 갚고 싶었습니다.

'50이 되면 생각해보겠다.' 그렇습니다. 아직 그만둘 수 없다

해도, 언제까지나 회사에 남아 있으려는 생각을 해서는 안 됩니다. 물리적으로도 정신적으로도, 언젠가 회사에서 자립해 '임주기'에 들어갈 시기를 찾아야만 합니다. '말에는 신성한 힘이 있다'는데, 정말 그런가봅니다.

이때부터 '50에 회사를 그만두겠다'는 선택지가 내 머릿속에서 조금씩 현실적이고 구체화되기 시작했습니다.

3.
회사와 거리를 두니 비로소 보이는 것들

회사 따위, 무섭지 않아

그리고 지금 와서 되돌아보면 사실 이 무렵부터 아주 조금씩이긴 하지만, 나와 회사와의 관계가 흔들리기 시작했습니다.

한마디로 표현하면 회사란 것이 점점 '무서운 존재'가 아니게 되었습니다.

그리고 동시에 내가 하는 일이 무척 재미있고 자유로운 것이 되어갔습니다.

이렇게 쓰면 회사로부터 뭔가 부당한 일을 당했다든가, 벌벌 떨며 일을 했다는 오해를 받을지도 모르겠습니다만, 그런 게 아닙니다. 아사히신문이라는 곳은 세상 사람들이 상상하는 것 이상으로 너그러운 회사였고, 기세만 좋고 덜렁대는 신입 기자조차 믿을 수 없을 만큼 자상하게 돌봐주는 수많은 상사들과 선배들에게 둘러싸여 쑥쑥 자라났습니다.

내 엉뚱하고 모자란 아이디어를 재미있게 여겨주고, 생각만 앞서가고 부족한 것투성이인 취재의 구멍들을 메울 수 있도록 끈기 있게 지도해준 선배님들은 정말이지 하느님, 부처님 같은 존재입니다. 평생 그분들을 향해 어찌 발 뻗고 잘 수 있을까요! 뒤돌아보면 당시의 나는 건방진 말만 늘어놓고 실력은 하나도 없는데다가 성가시기만 한 최악의 신입이었다는 것이 100퍼센트 틀림없는 사실입니다. 귀여운 구석이 털끝만큼도 없는 그런 나를, 아무런 득이 되지 않는데도 불구하고 어떻게든 도와주려는 마음을 먹은 사람들이 여럿 계셨다는 것은, 정말이지 같은 뜻을 품은 사람들이 모이는 '회사'라는 곳이기에 가능한 기적이었습니다.

덕분에 기나긴 시행착오를 거쳐 그럭저럭 프로 기자로서 자립할 수 있었습니다. 스스로 '재미있겠다' 싶은 것들을 물어와 기획하고 윗선과 의논 끝에 지면에 실었습니다. 그런 일련의 작업을 어찌어찌 할 수 있게 된 것입니다. 그것만 할 수 있게 된다면, 신문기자는 어디로 발령이 나든 스스로 살아갈 수 있다는 게 제가 체득한 지론입니다.

그러나 한편, 아무리 방자한 나였지만 부끄러움을 참고 솔직히 고백하자면, '윗선의 평가'라는 게 역시 신경이 쓰였답니다. 그야 할 수만 있다면, 나는 그런 타입이 아니라고 믿고 싶었지요! 나는 지금 그야말로 내가 동경하던 신문기자 그 자체이니 더 이상 무엇을 바랄쏘냐, 그렇게 매일매일 취재에 여념 없이 매진할 수 있었더라면 얼마나 멋졌을까.

하지만 모든 건 그리 단순하지가 않았습니다.

회사 내 평가가 낮으면 사내에서의 입지가 점점 좁아지고, 기사도 실리지 않게 됩니다. 신문기자를 죽이는 데 칼은 필요 없습니다. 기사가 실리지 않게 되면 신문기자는 살 수 없으니까요. 모처럼 취재를 도와준 사람들에게서도 신뢰를 잃게 되니, 취재를 하는 마음이 점점 무거워집니다. 그리고 앞에서도 썼지만, 여기자는 소수자이기에 남자들 이상으로 성과를 내야 겨우 한 사람의 떳떳한 기자로서 인정받을 수 있다는 초조함도 있습니다.

동료들에게 뒤지지 않는 성과를 내야 한다, 약점을 잡혀서는 안 된다…… 그렇지 않으면 언제 조직에서 쫓겨날지 모른다. 나는 그런 강박관념에 사로잡혀 살았던 것 같습니다.

게다가 생각지도 못했던 것은, 아무리 커리어를 쌓고 경험치를 올려도 이런 강박관념이 줄어들기는커녕 점점 더 커져간다는, 날벼락처럼 충격적인 현실이었습니다.

젊었을 땐 나이를 먹고 베테랑이 되면 자유롭고 편해질 것이라 믿었습니다. 기자로서 실력도 붙겠고 후배들을 손가락으로 부리는 입장이 될 테니, 선배로서 여유작작하게 거들먹거릴 수 있지 않을까 하고요.

그런데 웬걸, 이거야 참, 현실은 정반대였습니다!

앞에서도 썼지만, 수행 시절을 거쳐 중년기에 접어든 사원들은 회사에서 '선별' 대상이 됩니다. 어제까지 동료였던 사람들이, 혹은 후배들이 오늘부터는 상사가 되는 일도 비일비재합니다. 과거에 부하로서 가르치고 질책하던 상대가, 이번에는 내 원고를 고치고 기획을 좌초시키곤 합니다. 그런 것들을 아주 태연하게 견딜 수 있어야 합니다. 겨우 손에 넣은 기자로서의 자립도, 그림에 그린 떡이 되어버립니다.

그리고 나는, 그렇게 태연히 견딜 자신이 없었습니다.

결과적으로 과거의 나를 참을성 있게 키워준 '회사'라는 것이, 나이를 먹어감에 따라 언제 내게 상처 줄지 알 수 없는 무서운 존재가 되어갔습니다. 그리고 그 '마음의 갈등'은 앞으로 10년 이상, 점점 더 격렬해질 게 뻔했고요. 그런 공포를 나는 언제까지 인내해야 하나…… 그리고 회사에 패했을 때, 나는 대체 어떻게 될까……

그런 것들을 생각하니, 그리도 좋아했던 신문기자라는 일마저도 실패를 두려워하고 감점되지 않으려고 벌벌 떨며 해야 하는 일이 되어버리는 것 같았습니다.

일이란 무엇인가. 회사란 무엇인가.

중년기에 접어든 나는, 아무리 발버둥 쳐도 앞이 보이지 않는 암담한 어둠 속을 헤매고 있었습니다.

그런데 우동 현에서의 생활을 경험하고, 나는 조금씩 뻔뻔해지기 시작했습니다.

'그래, 그게 뭐' 하는 식이 된 것입니다. 나에 대한 타인의 평가, 그게 뭐.

왜일까. 이유는 아마도, 단 하나.

'돈'입니다.

돈과 일의 기묘한 관계

세상 사람들이 당연하게 받아들이는 것 중 하나가 '돈을 많이 받는 사람이 열심히 일한다'는 가정입니다. 하지만 이때, 내게 일어난 일은 오히려 그 반대였습니다.

앞서 말했듯이 나는 중년기를 맞이해 갑작스레 노후를 걱정하게 되었습니다. 지금 같은 씀씀이 헤픈 생활이 언제까지나 계속되지는 않는다는 현실을 맞닥뜨리고 초조하게 '돈이 없어도 행복한 라이프스타일'을 확립하고자 맨손으로 허우적거렸습니다. 그리고 여러 사람들을 만나면서 소중한 가르침을 통해 점차 그 방법을 찾아가기 시작했습니다.

그러자 무슨 일이 일어났는가 하면, 돈이 없어도 아무렇지 않을 정도는 아니더라도, '월급에 맞게 다 쓰며 살겠다'는 생각을 더 이상 하지 않게 되었습니다.

돈이 없어도 즐거운 일, 오히려 돈이 없는 편이 즐거운 일도 세상에는 있다는 걸 깨닫자, 그때까지 당연하게 여겼던 '월급을 펑펑 쓰면서 호사를 누려보자'라는 마음이 자연히 어디론가 날아가고, 그런 것 따위 안중에 없게 됐습니다.

월급을 얼마를 받건, 그런 것에 대한 관심도 사그라졌습니다.

그러자 점차 회사에 지배당한다는 생각, 회사에서 미운털이 박히면 안 된다는 생각이, 확실하게 줄기 시작했습니다.

물론 현실적으로는 회사 월급으로 먹고살고 있었지만, 그래도 여차하면 그따위 월급, 없으면 없는 대로 살지 뭐, 하는 망상을 품는 것만으로, 부자유롭던 일이 조금씩 자유로워졌습니다.

그렇게 속이 편해지자 내가 무얼 했느냐. 아무도 시키지 않는 일들에 참견을 하기 시작했지요.

예를 들어 당시 다카마쓰에서 나는 '마감시간 앞당기기'를 시도했습니다.

이게 얼마나 업계 상식을 뒤흔드는 일인지 일반인들은 알기 힘들 테니 조금 설명해보겠습니다.

신문사에서 마감시간이란 매우 중요한 문제입니다. 마감시간이 빠르면 '늦게 들어오는' 뉴스를 실을 수 없습니다. 예를 들어 조간신문에 전날 프로야구 연장전 결과를 실을 수 없게 되기도 합니다. 신선한 뉴스를 독자들에게 전하려고 한다면, 마감은 늦으면 늦을수록 좋습니다. 그 때문에 신문사들이 저마다 막대한 자금을 투자해 전국 각지에 인쇄공장을 세우거나 혹은 인쇄공정을 효율화해서 마감시간과 신문이 독자들 손에 들어가기까지의 시간을 가급적 단축시키려고 애써왔습니다.

그런데 그 결과 무슨 일이 벌어졌는가.

제가 신입 시절 다카마쓰에서 일할 때엔 오후 여섯시를 넘기면 모두들 일을 끝내고 젊은 동료들끼리 밤마다 술 마시고 밥 먹으러 다녔습니다. 마감시간이 빨랐기 때문입니다. 매사에 벽에 부딪치는 신참 기자들에게 그것은 소중한 해방 공간이자, 불평과 나약함을 서로 내뱉을 수 있는, 다시 말해 아주 즐거운 시간이었습니다.

그런데 데스크가 되어 다카마쓰로 돌아와보니 상황은 달라져 있었습니다. 총국원들은 밤 열시까지 전원이 회사에 들러붙어 그날 낸 원고를 체크하거나 확인 작업에 쫓기고 있었습니다.

원인은 마감시간이 늦어졌기 때문입니다.

격세지감에 놀라서 저녁식사는 어떻게 하는지 총국원들에게 묻자 이렇게 대답했습니다. "편의점에서 대충 사 먹죠." 뭐라고!! 편의점이 나쁘다는, 그런 말을 할 의도는 없습니다. 하지만 매일 매일 편의점 도시락을 먹는 건 좀 아니잖아요. 그걸 먹는 총국원들의 모습을 상상해보았습니다. 집으로 돌아가는 길에 편의점에 들러 도시락을 삽니다. 혹은 일하는 도중에 근처 편의점에서 도시락을 사서 회사 책상 위에서 먹습니다…… 음, 거기에 대화란 있을 수 없습니다. 세대 차이인지 모르겠지만, 식사란 좀 더, 마음과 마음을, 인간관계를 해방시키는 자리여야 하잖아요. 그리고 아무리 바빠도 신문기자란 세상 살아가는 일을 쓰는 직업이니 세상물정에 어두워서는 안 됩니다. 거리로 나가 다양한 사람들을 보고, 다양한 일들을 느낄 기회가 많으면 많을수록 좋습니다. 그에 대해선 두말할 필요가 없습니다. 물론 편의점도 지금을 살아가는 세상의 한 단면이기는 합니다. 하지만 세상은 좀 더 다양성이 넘쳐나는 곳이지 않습니까!

그리고 이런 말을 하면 본전도 못 찾는 꼴이겠지만, 내가 신참이었을 때, 다시 말해 마감시간이 빨랐을 무렵의 지면보다, 열시까지 늘어난 후의 지면이 더 나아졌는가 하면 꼭 그렇지도 않습니다. 밤에 일어난 교통사고 기사를 실을 수 있게 된 정도입니다. 그야 물론 의미 없는 일은 아니지요. 하지만 그게 과연 많은 총국원들을 밤늦게까지 회사에 구속시킬 만큼 그렇게나 의미 있는 일일까요? "그렇지 않다"는 게 제 결론이었습니다.

그래서 마감을 한 시간 이상 앞당기자는, 업계 상식에 반한 억지를 실현시키자고 제안했습니다. 사내 각 방면에서 적지 않은 비판을 받았습니다만, 고맙게도 당시의 상사가 전면적으로 진두에 서주었고, 그뿐만이 아니라 표면적으로 나서보니 비판하는 사람들 못지않게 물심양면으로 응원해주는 분들이 도처에 존재했던 것입니다.

이렇게 내 억지는 '실험'이라는 형태로 어찌어찌 출범했고, 우여곡절을 겪으면서도 전국의 총국으로 퍼져나갔습니다. 그리고 모두가 행복하게 잘 살았답니다…… 하고 끝났으면 좋았겠지만, 결과적으로는 이 시도가 지방의 구조조정에 이용되었다는 측면도 없지 않아, 회사란 참으로 무서운 곳이로구나 절감하기도 했습니다. 물론 훨씬 지난 후에 알게 된 일입니다. 어쨌든 당시의 나로서는 이 도전이 정말이지 신선하고 즐거운 사건으로 강렬하게 기억에 남았습니다.

회사란 조직을 두려워하다보면, 이상하거나 부조리하다 싶은 부분이 있어도 조직의 힘 앞에 목소리를 내길 주저하게 됩니다. 그러나 아무도 없는 곳에서 불평과 불만을 늘어놓을 겨를이 있다면 정면에다 대고 목소리를 내는 게 좋지 않을까요? 밑져봐야 본전이라고 생각하면, 의외로 아무것도 아닙니다.

뜻밖의 발견도 있었습니다.

힘없는 입장이라도 용기 내어 말하면, 자기와 같은 의견을 가진 동지가 누군지 자연히 드러나게 됩니다. 힘없는 입장이기 때문에 더 잘 보이는 것일 수도 있습니다. 나에게 협력한다고 무슨 이득이 생기는 게 아닐 테니까요. 그 결과, 앞으로 내가 하고 싶은 일을 할 때 누구에게 도움을 청해야 할지, 누구에게 의논하면 좋을지 분명해졌습니다.

요는, 중요한 것은 내가 하고 싶은 일을 어떻게 하면 실현할 수 있을까 하는 점이라는 것입니다. 지위가 높지 않다고 할 수 있는 일이 없는 게 결코 아닙니다. 저는 아사히신문사 사장이 아니지만, 마음먹기에 따라서는 사장보다 더 내 생각대로 회사를 바꿀 수 있는 부분도 있지 않을까요.

'아사히신문을 바꾸는 모임'

이 경험에 맛을 들인 나는, 회사 방침의 틀 밖으로 뛰쳐나가는 일들을 멋대로 만들어나갔습니다.

인건비 삭감을 위해 지방 기자들을 해고할 목적으로 회사가 새로 만든 지위에 임명되었을 때에는, 우회적으로(아마도……) 거절했습니다. 그런 식의 해고는 말도 안 된다고 생각했기 때문입니다.

하지만 아무것도 안 할 수는 없는 노릇입니다. 머리를 쥐어짜 생각해낸 전략이, 전국의 지역판 기사를 읽고 '괜찮은 기사들'을 발굴하여 마구마구 칭찬하는 리포트를 쓰는 것이었습니다. 나를 포함한 본사 사람들은 '총국은 미적지근하다' '무르다'고 단정하면서 실제로 총국 기자들이 매일 어떤 기사들을 쓰는지에 대해 제대로 알려고 들지 않았기 때문입니다. 총국 사람들도 그걸 알고 있었기 때문에 서로 불신이 쌓이는 묘한 상황이었습니다. 해고 운운하기 전에 그것부터 바꿔야 하는 게 아닌가 싶었죠. "지방에서 일하는 사람들을 활성화시키는 게 중요하다"는, 아무도 반대하기 어려운 옳은 말을 늘어놓으며 매주 사내 메일로 장황한 리포트를 오사카 본사의 모든 편집국원들에게 보내는 활동을 개시했습니다.

달랑 그것뿐이었습니다만, 영향력은 상상 이상으로 굉장했습니다. 그만큼 회사는 지역판을 무시해왔다는 뜻이기도 합니다. 하지만 실제로 읽어보니 예정조화론 같은 모범적인 기사들이 넘쳐나는 전국판 기사들보다 기자나 데스크의 마음이 거칠게나마 흘러넘치는 기사들이 얼마나 많은지, 정말이지 흥미로웠습니다. 내가 한 일은 그걸 '보이는' 형태로 만들었을 뿐입니다만, 그것만으로도 회사 분위기가 확실히 바뀌었습니다. 좋은 기사에 주는 매월의 상을, 점차 지역판 기사들이 석권하기 시작했던 것입니다.

그걸 불쾌하게 생각하는 사람들도 있어서 "너 정말 하는 짓이 야비하다"고 대놓고 질책하는 경우도 있었습니다만, 그 질책은 오히려 제가 바라던 바였습니다! 이 전통 있는 조직을 내가 그렇게까지 흔들어놓았나 싶어서, 오히려 멋대로 자화자찬하고 득의만면한 미소를 지었습니다. 왜냐하면 나는 이 무렵 총국 출장을 가면 어디서나 열렬하고 따뜻한 환대를 받았고, 그 지역 고유의 술과 안주를 먹고 마시며 젊은 총국원들과 왁자지껄 떠드는, 중년 독신여성에게는 있을 수 없는 즐거운 시간을 보냈거든요. 더 이상 무얼 바라겠습니까.

사회부 데스크 시절, 본업 틈틈이 '나홀로 프로젝트'라는 이름을 내걸고, 본사 이전으로 폐쇄가 결정된 사원식당 아저씨 아주머니들에게 감사의 책자를 만들어드린 적이 있습니다. 고맙다는 뜻을 전하고 싶어 시작한 일이기는 하지만, 실은 그 이상으로, 경영난에 부딪치면서 자유로운 분위기와 활기까지 잃어가는 회사 분위기가 싫어 예산이나 인원이 없어도 할 수 있는 일이 무언가 있다는 것을 증명하고 싶었습니다.

그리고 정말로 '무언가'를 할 수 있었습니다. 애초에는 사내 메일로 설문조사를 하고 편집과 제본 작업을 혼자서 할 작정이었는데, 많은 사원들이 설문조사에 응해주었을 뿐만 아니라 몇천 장이나 되는 복사지를 책자로 만들기 위해 종이를 접는 단순작업에 높으신 임원부터 평사원 젊은이까지 자원봉사자들이 속속 모여들었고, 일러스트 제작에 발 벗고 나서주는 디자이너까지 나타나는 등, 결국 수많은 사람들이 자기 시간을 써가며 협력해주었던 것입니다. 이 모든 것이 회사의 평가나 사정과는 전혀 관계가 없는 일이었습니다. 하지만 누군가에게 무언가를 전하고 싶은 마음만 있다면, 그런 쩨쩨한 동기와는 상관없이 사람들이 움직여준다는 것을 깨달았습니다.

"아직 아사히신문의 등불이 꺼진 게 아니구나!" 혼자 감동했었습니다.

돈이 필요 없어지면 일이 재미있어진다

이렇게 돌아보니 돈과 일의 관계가 상당히 복잡하다는 걸 알 수 있습니다.

'월급이 많으면 우수한 인재가 모인다'는 상식을 사원 입장에서 바꿔 말하면 이렇게 됩니다. '월급을 많이 받을수록, 의욕이 생겨 일을 잘할 수 있다.'

다른 나라 사정은 잘 모르겠지만, 적어도 일본 내의 회사에서는 이 사고방식이 당연한 것처럼 받아들여지고 있습니다.

다시 말해, 회사에서는 지위가 높아질수록 월급이 올라갑니다. 실수를 저지르면 벌로 감봉 처분을 받습니다. 평가와 돈이 링크하는 셈입니다. 그러니 돈을 더 벌고 싶으면 일을 더 잘해야지요. 그것이 사원에게 동기를 부여하고, 더 나아가 회사 발전으로 이어집니다…… 이건 어떤 의문도 개입할 여지가 없는 자명한 이치라고 생각합니다.

하지만 제가 느낀 바로는, 모든 게 그리 단순하지는 않습니다. 제가 사심 없이 적극적으로 일에 뛰어든 것은 '돈을 더 벌었으면 좋겠다'는 동기와는 아무런 상관이 없었습니다.

오히려 그 반대였지요.

월급을 얼마나 받을 수 있을지에 무관심해지면, 자기에 대한 평가에도 신경이 쓰이지 않게 됩니다. '평가=돈'이기 때문입니다. 그리고 그런 사소한 것보다, 다시 말해 다른 사람이, 상사가 나를 어떻게 보는지보다, 해야 할 일, 하고 싶은 일을 해야겠다는 식으로 변해갑니다. 돈 따위, 평가 따위 상관없어, 그런 건 개나 주라지. 물론 그렇게 입 밖으로 내지는 않지만, 그 정도 근성은 갖추고 싶어집니다.

그럼 엄청 상쾌하다니까요!

그리고 이런 사원들이 있다는 건 실은 회사로서도 나쁘지 않다고 생각합니다. 월급을 미끼로 사원을 지배하다보면, 아무래도 윗사람 마음에 들 만한 것에만 신경 쓰는 사원들이 활개를 치게 됩니다. 눈앞의 단기 목표를 달성하려면 그것도 좋을지 모르겠지만, 현대처럼 복잡하고 미래가 불투명한 시대에는 아첨꾼들만 득실거려선 헤쳐나가기 어렵습니다.

“나, ‘아사히신문을 바꾸는 모임’이라는 걸 만들었어.” 언제부턴지, 그런 말을 하게 되었습니다. 회원은 나 한 사람입니다.

술자리에서 그런 말을 하면, 동료들과 후배들이 “나도 끼워주세요” 라는 소리를 종종 합니다만, 딱 잘라 거절했습니다.

중요한 것은 ‘한 사람’이라는 것입니다.

이 무렵이 되자 나는 ‘회사란, 조직과 개인의 전쟁터’라는 생각을 품게 되었습니다. 조직은 강합니다. 하지만 강하기에 한편으론 약하기도 합니다. 좋은 게 좋은 거다, 줄을 잘 서라 등등. 인간의 본질적인 욕망과 나약함이 집단이 되면서 곧바로 가시화되고, 조직 그 자체를 좀먹습니다.

이를 막는 것은 개인의 힘밖에 없습니다. 혼자서 판단하고, 혼자서 책임을 지며, 혼자서 움직입니다. 작은 힘입니다만, 자기 혼자 결단하기만 하면, 아무도 막을 수 없습니다. 그래서 약하지만 강합니다.

물론 조직의 논리가 늘 틀린 것도, 개인의 논리가 늘 옳은 것도 아닙니다. 하지만 이 쌍방의 역학관계가 팽팽히 맞서는 곳이야말로 ‘좋은 회사’가 아닐까요? 문제는 내가 회사 속에 있으면서도 독립된 개인으로 우뚝 설 수 있는가 하는 점입니다.

다시 말해,

내가 언제든 회사를 그만둘 수 있는가 하는 점입니다.

그렇게 되고 보니, 문득 이런 생각이 머리에 떠오르게 되었습니다.

'일'='회사'는 아닐 것이다.

'회사'='인생'은 아닐 것이다.

언제든 회사는 그만둘 수 있다, 가 아니라, 정말로 회사를 그만두겠다.

그런 답도 있을 수 있지 않을까.

입사 후 처음 해보는 그런 생각들이, 내 안에서 급속히 부풀어가기 시작했습니다.

회사를 그만둬도 살아갈 수 있을까

그 무렵 회사는 내 안에서 '무언가를 해주는 대상'이 아니라 '여러모로 돌봐줘야 할 상대'가 되었습니다. 그리고 내가 할 수 있는 일은 나름대로 했다는 마음이 커졌습니다.

회사로부터 무한한 은혜를 입었지만, 그 빚은 나름대로 다 갚지 않았는가.

그리고 앞으로의 10년을 생각하면 내가 회사를 위해 할 수 있는 일보다, 월급이니 지위니 '받을 것'만 남은 건 아닌가.

인간은 나약하고 욕심 많은 존재입니다. 받을 수 있는 거면 받아두려는 가난한 마음이 내 속에도 분명 있습니다.

하지만 그 불균형이 행운이라기보다 버겁다는 생각이 들었습니다. 이제 겨우 빚을 다 갚았는데, 필요하지도 않은 빚을 또 지기 시작해야 한다는 느낌.

회사와의 관계는 이걸로 됐다고 말할 때가 온 게 아닐까. 이쯤해서 빠질 때가 아닌가.

그리고 곰곰이 생각해보니, 회사원이라서 할 수 있었던 일도 많았지만, 할 수 없었던 일, 꾹 참았던 일도 많았습니다.

긴 시간을 들여 본격적으로 등산도 하고 싶습니다. 배낭 하나 짊어지고 외국에 나가 방랑해보는 것도 오랜 꿈이었습니다. 다른 직업에도 도전해보고 싶습니다. 농부나 요리사나 목수 같은 것도 해보고 싶습니다.

그러다보니 점점 꿈이 커집니다.

회사를 그만두면 무엇을 하든, 무슨 명함을 내밀든, 나는 자유입니다. 뮤지션이든 아티스트든 카메라맨이든, 뭐든 될 수 있습니다! 어디까지나 '자칭'이긴 합니다만, 그게 뭐 어때? 하고 배짱 있게 나가면 될 일입니다. 퉁소나 하모니카를 열심히 부는 뮤지션이 있어도 되는 거잖아요? 뭐 그걸로 먹고살지 못해도 상관없습니다. 스스로 납득할 수만 있다면, 자기 명함은 자기 뜻대로 만드는 것 아닌가요? 누구 눈치를 볼 것도 없습니다.

그런 생각을 하다보니, 멈춰지지 않더군요!

50은 결코 젊지 않지만, 그래도 마음먹기 나름이라 아직 가능성이 가득합니다. 이제껏 회사원으로서는 할 만큼 했습니다. 일찍이 야마오리 선생님께서 가르쳐주신 '가주기'를 끝낼 때인지도 모릅니다. 과감히 집을 나와 아무것도 없는 숲속에 들어가 재출발을 해야 할 때.

물론 문제는, 그럼 '어떻게 먹고살 것인가' 하는 점입니다.

그 점에 대해선 제아무리 무모한 나라도 고민이 무척 많았습니다. 그런데 해결 방법이 의외로 간단할지도 모른다는 생각이

드는 겁니다.

앞으로 일본의 큰 사회 문제 중 하나가 '인구 감소'와 '빈집 증가'입니다. 이는 경제 성장을 지향하는 입장에서 보면 족쇄가 될지도 모르겠습니다만, 무직의 뜻을 품은 자에게는 이처럼 든든한 지원군이 또 없습니다.

무엇보다 지금은 어딜 가나 일손이 부족해서 구인 광고가 넘쳐나고 벽에 붙은 걸 떼어가는 경우도 거의 없습니다. 그렇다면 제아무리 요령 없고 경험 짧은 중년의 여자라도 이것저것 따지지만 않는다면, 어디서든 아르바이트가 가능합니다. 창피함을 무릅쓰고 하나부터 배울 각오를 한다면, 직업 스킬은 조금씩 몸에 밸 것입니다. 중요한 것은 능력보다, 쓸모없는 자존심을 버릴 수 있는 힘! 내게 그럴 힘이 있을지 모르겠지만, 힘이 없다면 그런 힘이 생기도록 노력해야죠!

그리고 사는 곳에 구애받지 않는다면 비싼 월세를 지불하지 않더라도, 빈집을 수리하고 사는 게 얼마든지 가능하지 않을까요. 물론 아직 누군가가 그런 시스템을 다져준 것은 아닙니다. 빈집에는 저마다 사정이 있어서 단순히 비즈니스로 밀고 나가기에는 어려운 부분이 있기 때문입니다. 하지만 그것도 생각하기 나름, 생판 모르는 지역에서 열심히 인연을 쌓고, 친구를 만들고, 조금씩 신뢰를 얻어가며 집을 빌리는 그런 일련의 과정은 실로 진진한 대모험입니다. 그 자체를 삶의 목표로 삼아도 좋을 정도입니다. 돈만 있으면 어떻게든 된다는 세상보다, 훨씬 훨씬 즐거울 것 같지 않나요?

그러고 보니 사실 돈 문제는 본질적인 문제가 아니라는 생각이 듭니다. 중요한 것은 지금까지 가지고 있던 나 자신의 상식을 얼마나 뒤집을 수 있느냐 하는 것. 그리고 그것은, 결코 비참한 일도, 괴로운 일도 아닙니다.

절전 이노베이션

그리고 더욱 내 등을 떠미는 결정적인 사건이 일어났습니다.

동일본대지진으로 발생한, 후쿠시마 현의 원전 사고입니다.

사고 직후 몇 주를 떠올리면, 지금도 살얼음을 밟고 서 있는 듯한, 바닥을 알 수 없는 불안과 몸 둘 바 모를 미안함으로 가슴이 먹먹해지는 느낌이 선명하게 되살아납니다. 그 무렵엔 우리 모두가 과연 나는 무엇을 할 수 있을까, 무력감에 짓눌리면서도 필사적으로 고민했을 것입니다.

나 역시 그중 한 사람이었습니다.

그러다 혼자서도 할 수 있는 일을 해야겠다고 결심해 시작한 것이 바로 '절전' 생활입니다.

목표는 전기요금 반으로 줄이기. 당시 내가 살던 고베 시는 간사이 전력 관할이었는데, 간사이 전력은 공급 전력의 반을 원자력발전소에 의지하고 있었습니다. 간사이 사람들은 큰 자각도 감사의 마음도 없이, 생활의 반을 원자력발전소에 완전히 의존하고 있었습니다.

'원자력발전소 없는 삶'이란 어떤 것인가, 그런 삶이 정말로 가능한가. 우선은 해봐야겠다고 마음먹었습니다. 원자력발전소가 없는 셈치고, 다시 말해 그때까지의 반만큼의 전기로 살아봐야겠다고. 만약 모두가 그런 생활을 할 수 있다면, 자동적으로 원자력발전소는 필요가 없어지지 않을까 하고.

하지만 전기요금을 반으로 줄이기란 그리 호락호락한 일은 아니었습니다.

원래 수도꼭지를 콸콸 틀듯이 전기를 쓰는 생활을 한다면 또 모르겠습니다. 에어컨, 전기밥솥, 전기포트, 전기카펫, 고타츠 같은 것을 하루 종일 트는 가정이라면 쓰지 않을 때 꼼꼼히 끄기만 해도, 전기요금을 상당히 줄일 수 있을 것입니다.

하지만 내 경우에는 그렇지 않았습니다.

냉방을 싫어해서 에어컨은 거의 켜지 않았고, 냄비로 밥을 짓고 빗자루와 걸레로 청소를 했기 때문에 전기밥솥도 청소기도 없습니다. 혼자 사니 전기포트 같은 것도 처음부터 사본 적이 없습니다. 다달이 내는 전기요금이 2000엔대.

여기서 전기요금을 반으로 줄이는 것은 그야말로 '마른 걸레를 쥐어짜는' 일이었습니다.

'가능성의 세계'를 발견하다

떠오르는 건 뭐든 하면서 아껴봤습니다. 시시때때로 전기를 끄고, 쓰지 않는 전기제품은 플러그를 뽑고. 정말이지 무지 애를 썼어요. 하지만 그 정도로는 반으로 줄기는커녕 거의 변화가 없었습니다. 발상을 근본적으로 바꿀 필요가 있었습니다.

시행착오 끝에 도달한 결론이 '전기가 없다'는 전제하에 생활하는 것이었습니다. 있는 것을 줄인다가 아니라, 원래 없는 것이라고 생각을 바꾸자. 꼭 필요할 때만, 최소한의 전기를 쓰자.

그리고 그 순간부터 나는 그때까지와는 전혀 '다른 세계'를 살게 되었습니다.

그야말로 무한한 가능성으로 넘치는 세계였습니다.

그것은 숨 막히는 현대에 대한 혁신이었습니다. 내 인생의 혁명이었습니다.

인생의 가능성은 어디 어떻게 숨어 있을지 알 수 없습니다.

밤에 집에 들어갈 때를 예로 들어봅시다. 혼자 살고 있으니 열쇠로 문을 열고 들어가면 실내는 칠흑같이 깜깜합니다. 평소 같으면 바로 불을 켜겠지만, 이제 전기는 '없는' 것이니 그렇게 하지 않습니다. 현관에 잠시 서서 눈이 어둠에 익숙해질 때까지 기다립니다.

이 대목에서 다들 웃으시겠지만, 이게요, 그렇게 웃을 일이 아니라니까요.

전기 안 켜도 전혀 아무렇지 않다니까요, 정말로! 의외로 불빛이란 게 어딘가에는 있기 때문에 가만히 있으면 어렴풋이 실내가 보여요. 그러면 그때 천천히 구두를 벗고 집 안으로 들어갑니다. 옷을 갈아입거나, 화장실에서 볼일을 보거나, 목욕을 하거나, 거의 뭐든 할 수 있습니다.

어둠 속에 여태껏 알지 못했던, 알려고도 하지 않았던 밝음이 스르르 드러나줍니다.

텔레비전도 켜지 않습니다. 지금까지는 집에 오면 무의식적으로 텔레비전을 켰습니다. 지금 생각해보면 왜 그랬는지 알 수 없지만, 꽤 많은 사람들이 그러고들 있지 않나요? 하지만 '전기는 없는 것'이니 텔레비전도 없습니다. 그러면 그곳에 어둠과 고요함이 나타납니다. 이게 실로 마음이 차분하고 고즈넉해지는 거예요. 어두우니 오감도 예민해집니다. 집 안에 소리가 없으니 창밖에서 바람 소리며 벌레 우는 소리가 들려옵니다. 이것 참, 풍류가 따로 없구나 싶지요.

무언가를 없애면 거기에 아무것도 없게 되는 게 아니라, 그곳에 또 다른 세계가 나타납니다. 그것은 원래 거기에 있었지만 무언가가 있음으로 인해 보이지 않았던, 혹은 보려고 하지 않았던 세계입니다. 그리고요, 그 별세계의 매력이 상당해요.

'없다'는 것 속에 실은 무한한 가능성이 있었던 겁니다.

그러나 나는 여태 애써 '있는' 세계를 추구해왔습니다. '있는' 것이 풍요로운 것이라고 믿고, 그걸 위해 일하고 열심히 돈을 벌어왔습니다. 하지만 '없는' 것에도 풍요로움이 있다면, 지금까지의 노력은 대체 무엇이었을까요.

그걸 깨닫기 시작하면서 나는 전자제품을 하나씩 버리기 시작했습니다.

전자레인지, 선풍기, 고타츠, 전기카펫, 전기담요……

모두 '있으면 편리한' 혹은 '없으면 살 수 없다'고 생각했던 물건들입니다만, 놀랍게도 없으면 없는 대로 불편할 것이 전혀 없었습니다.

전자레인지는 밥과 반찬을 데우는 정도로만 사용하기 때문에 찜기로 대용할 수 있습니다. 찜기로 데운 밥은 전자레인지에 비할 수 없이 부드럽게 부풀어 정말이지 맛있습니다. 이제까지 전자레인지를 써온 30년인지 40년인지가 아깝다는 생각까지 듭니다.

그리고 고타츠나 전기카펫 대신 탕파를 쓰는데, 포근한 게 여간 기분이 좋은 게 아닙니다. 게다가 무릎덮개를 같이 쓰면 이동

식 고타츠나 다름없습니다! 한곳에 묶여 움직이지 못하는 고타츠보다 몇 배 편리하지요.

이렇게 조금만 궁리하고 머리를 짜내면 어떻게든 되고, 오히려 다른 것을 사용하는 편이 훨씬 쾌적하거나 재미있어지곤 합니다.

최고의 히트는 냉장고였습니다.

그야말로 현대의 필수품인 냉장고가 없는 집은 거의 없을 테지요.

세상에는 냉장고 안에 맥주만 들어 있는 집도 꽤 많습니다. 맥주만 넣을 거면 없어도 되겠지만, 난 취미가 요리고 근무하는 날에도 매일 도시락을 쌌기 때문에 냉장고는 이런저런 식재료와 조미료로 가득 차 있었습니다. 냉장고 없이 정말로 살 수 있을지, 도전하면서도 그야말로 반신반의했습니다.

겨울에 시작했으니 처음에는 꽤 거뜬했습니다. 우리 집은 난방이 없어서 집 안이 냉장고 저리 가라입니다. 식재료는 베란다 같은 데 놓아두면 충분히 보존이 됐지요.

뭐야, 할 만하네, 싶었습니다.

하지만 봄이 지나고 여름이 다가오자 그런 한가한 말은 계속

할 수 없게 됩니다. 보존할 수 있는 기간이 점점 줄어들었기 때문입니다. 채소를 말려 보관하려고 해도 여차하는 사이에 곰팡이가 핍니다. 기본적으로 그날 구입한 것은 그날 다 써 소비해야만 하는 상황이 벌어졌습니다.

그러자 마트에서 안이하게 장을 볼 수 없게 되었습니다. 오늘은 이게 싸다 싶어 손을 뻗다가도, 아니지, 오늘 다 못 먹을 거야, 하는 마음에 도로 내려놓습니다. 그러다보니 장 보는 양이 점점 줄어듭니다. 계산대에 갖고 가는 게 기껏해야 두어 종류. 가격도 500엔 이상 지불하는 일이 거의 없습니다. 아무것도 사지 않고 나오는 경우도 허다합니다.

뭐야, 내가 살아가는 데 필요한 것이 정말이지 조금밖에 없구나. 한밤중까지 마트나 편의점이 문을 여는 도시에서는 이렇게 해도 충분히 생활할 수 있습니다.

대체 지금까지 바구니 가득 무엇을 그렇게 사 넣었던 거냐.

필수품이란 것

세상의 광고를 보고 있으면 다양한 기업들이 이 상품이 "있으면 편리하다"고 떠들어댑니다. 그런가 싶어 사다보면 '있으면 편리한 것'들이 어느새 '없으면 불편한 것'으로 바뀌고, 종국에는 '필수품'이 되어버립니다.

하지만 필수품이란 게 대체 뭘까요?

어릴 때부터 '필수품'이었던 가전제품과 결별을 선언하면서, 자연히 나는 그런 것들을 생각하게 되었습니다.

안 쓰는 생활을 해보니 냉장고도 세탁기도 쓸모없이 커 보입니다. 도쿄는 집세가 터무니없이 비쌉니다. 조금이라도 넓은 집에 살려면 적지 않은 비용이 필요해집니다. 그런데 생각해보면 그 집세의 많은 부분이 커다란 가전제품을 끌어안고 사는 데 쓰입니다.

대체 무엇이 필수인지, 무엇이 풍요로운 것인지, 점점 알 수 없어집니다.

어쩌면 '없으면 못 사는 것' 따위, 아무것도 없는 게 아닐까.

그걸 깨닫자, 나는 무척 자유로워졌다는 느낌이 들었습니다.

현대인은 물건을 손에 넣음으로써 풍요로움을 구하려 합니다. 그러나 거듭 말하지만 '있으면 편리한 것'들은 '없으면 불편한 것'으로 곧장 바뀌곤 합니다. 그리고 어느덧 '없으면 못 사는 것' 들이 점점 늘어납니다.

마치 수많은 튜브를 달고 살아가는 중환자 같은 모습입니다.

튜브에 연결되어 있으면 필요한 약 성분과 영양소를 얻을 수 있어 목숨을 부지할 수 있습니다. 그러나 침대에 매여 있기에 자유롭게 움직일 수 없습니다.

나의 절전은, 말하자면 그 튜브를 하나씩 하나씩 떼어내는 행위였습니다.

에라 모르겠다 싶어 덜컥 뽑아버린 것이 있는가 하면, 주뼛주뼛 조심스럽게 떼어낸 것도 있습니다. 하지만 어쨌든, 대부분의 것들은 떼어버려도 아무렇지도 않았습니다.

그 결과 나는 침대에서 일어나 자유로이 움직일 수 있게 되었습니다.

그리고 나는 이때, 어쩌면 태어나 처음으로, '자유'의 의미를 깨달았는지도 모릅니다.

그때껏 나는 '있었으면 좋겠다' 싶은 것들을 끝없이 손에 넣는 것이 자유라고 믿어왔습니다. 그러나 그게 아니었습니다. 아니, 오히려 정반대였습니다.

'없어도 살 수 있다'는 것을 아는 것, 그런 내 자신을 만들어가는 것, 그것이 진정한 자유였습니다.

그 발견이 내게 준 충격은 어마어마했지요.

그리고 마침내! 내 인생 최대의 튜브, 마지막 타깃을 바라보게 되었습니다.

그렇습니다, '회사'라는 튜브였습니다.

하얗게 불태우다

말은 이렇게 했지만, '회사를 그만두려고 생각하는 것'과 '실제로 회사를 그만두는 것' 사이에는 커다란 간극이 있습니다.

그러나 인생은 참으로 잘 짜인 각본 같아서 마치 '그때'를 기다렸다는 듯, 너무나 당연하게 계기가 찾아왔습니다.

49세 가을. 나는 아사히신문 오피니언 면의 '더 칼럼'을 담당하게 되었습니다. 얼굴 사진까지 들어간 칼럼이었습니다. 처음 제안받았을 때는 꿈도 못 꾸던 일이라 무척 기뻤습니다. 당시 '사설'을 쓰는 부서에 소속되어 있었는데 정말이지 너무나 괴로웠거든요.

지식도 인맥도 교양도 없는 날라리 기자에게는 회사 간판을 짊어지고 '올바른 의견'을 써내야 한다는 미션이 여간 버거운 게 아니었어요. 지금 돌이켜보면 50이 다 되어 분수에 맞지 않는 분야에 도전하느라 초조해지고, 창피를 당하고, 후배에게 가르침을 받고, 데스크에 혼나고, 그러면서 원고를 완성했던 그 시절은, 정말이지 자존심만 세서 엉덩이가 무거웠던 나를 정신 차리게 한 귀중한 시간이었다는 생각이 듭니다. 깊이 감사할 따름입니다. 하지만 당시엔 참으로 괴로웠고 급기야 원인 불명의 치통까지 앓아 결국에는 열이 나고 얼굴이 붓는 사태까지 벌어졌습니다. 솔직히 말해, 관리직에 올라 부하들에게 이래라저래라 지시하는 동료들이 진심으로 부러워 쩔쩔맸습니다. 그런 한심한 상태였으니, 그곳에서 빠져나갈 수 있다는 게 정말이지 기뻤습니다. '사설'에서 빠져나가 내 이름을 내걸고 자유롭게 좋아하는 글을 쓸 수 있다니! 그런 달콤한 꿈을 품고 장기 근무하던 오사카에서 도쿄로 발걸음도 가볍게 전근했습니다.

그런데 칼럼 데뷔 직전, 아사히신문이 두 개의 커다란 '오보'를 인정하고 사죄하는 초유의 사태가 발발합니다.

매일 욕을 먹으며, 무엇을 써야 할지 도저히 알 수 없는 상태가 되었습니다. 세상의 시선으로는 나 역시 '자기가 옳다고 믿는 주장을 위해서라면 사실도 왜곡하는 집단의 일원'이었습니다. 그런 몸으로 대체 무엇을 쓸 수 있을까. 시건방지게 무언가를 비판하고 분석해봤자 "그러는 넌 뭔데" 하고 비웃음을 살 게 뻔했습니다. 이름과 얼굴을 공개해 문장을 쓰는 일이 불쑥 두려워졌지요.

이때, 악마가 내 귀에 대고 속삭였습니다.

이럴 거, 그냥 확 회사를 그만둬버리는 게 어때?

이제 곧 50. 회사원 인생에 마침표를 찍겠다고 목표로 삼았던 나이입니다. 지금의 이 상황은 '지금이 바로 그 그만둘 때'라는 하늘의 계시가 아닐까. 그런 편리한 잣대로 해석하고 싶다는 강렬한 유혹을 느꼈습니다.

하지만 내게도 최소한의 양심은 있습니다. 어쨌든 오래 신세진 회사입니다. 그 회사가 절박한 상황에 처했을 때, 혼자 안전지대로 훌쩍 도망가는 짓을, 인간으로서 해서는 안 됩니다. 무엇을 할 수 있을지는 모르겠지만, 아무튼 1년 동안은 죽을 각오로 온 힘을 다해야겠다고 다짐했습니다. 아무도 내게 부탁하지 않았지만, 목표는 '아사히신문을 구하라'. 마지막 보은이라고 여기면 나라고 무엇이든 못할쏘냐.

그렇게 1년을 어떻게든 달렸습니다. 은혜 갚는 학처럼, 아니 학처럼 아름답지는 않았을 테고, 있으나 마나 한 등의 깃털을 뽑아내듯 글을 짜냈습니다. 그리고 등 뒤를 보니, 으악, 깃털이 남아 있질 않잖아! 다른 사람들이 어떻게 평가하든, 나로서는 짜낼 수 있는 것은 모두 짜낸 기분이었습니다. 얄팍한 이 몸을 거꾸로 뒤집어 탈탈 털어봐야 나올 것이라곤 이제 코피도 없었습니다. 그저 앞으로 고꾸라질 수밖에.

그리하여 "저, 퇴사하겠습니다" 하고 선언한 것입니다.

실은 그만두겠다고 한 후, 회사가 예상 외로 강하게 저를 붙잡았습니다. 정말 고마운 일입니다. 그러나 죄송한 마음은 있었지만, 나는 털끝만큼도 흔들리지는 않았습니다.

내 사랑하는 아사히신문, 그리고 신문기자라는 직업. 이렇게 멋진 일은 다시 또 없을 것입니다. 더 이상, 회사로부터 받고 싶은 건 아무것도 없었습니다.

그리고 내가 회사에 줄 수 있는 것도, 이제 더 이상 남아 있지 않았습니다. 회사를 위기에서 구했는지 못 구했는지는 모르겠지만, 내 나름 할 수 있는 일은 다 했다는, 실로 상쾌한 기분이었습니다.

나 자신을 좀 미화시켜본다면, '내일의 죠'처럼 새하얀 재가 된 것입니다.

하지만 생각해보면 참으로 이상한 기분이 듭니다. '인생의 반환점'을 의식한 지 10년. 그동안, 이런저런 시행착오를 되풀이하면서 경제적으로도 정신적으로도 회사에서 자립하려는 도전을 거듭해왔습니다.

그리고 그 최종 국면에서 예상치 못한 무대에 던져져, 신세졌던 회사의 위기를 구하기 위해 물불 가리지 않고 사력을 다했습니다. 그건 틀림없이 '50에 그만두겠다'는 결의가 있었기에 가능했던 것 같습니다.

마치 이때를 위해 나는 이 회사에 들어온 게 아닐까 싶은 마음이 듭니다.

그만두겠다고 했을 때, "왜?" "아깝지 않아?" 하는 말을 정말 많이 들었습니다만, 솔직히 내겐 그런 생각이 눈곱만큼도 없었습니다. 선택의 여지가 없었거든요. 내 눈앞에는 울퉁불퉁하고 좁기는 해도 새로운 길이 곧장 뻗어 있었습니다. 그 길로 발을 내딛을 수밖에 없었습니다.

내게는 망설임도 그 무엇도 없었습니다.

사람이 회사를 그만둘 때는 100명이면 100편의 드라마가 있을 것입니다. 회사의 일방적인 이유로 불합리하게 그만두었을 수도 있고, 부당한 인사, 아니면 상사와 동료와의 인간관계로 고민하다 어쩔 수 없이 사직이라는 선택을 하는 사람들도 많겠지요. 그걸 생각하면 나 같은 행운아는 없을지도 모르겠습니다.

하지만 어떤 상황에서 그만두었든 간에, 핵심은, 그다음 인생을 향해 긍정적인 한 발을 뗄 수 있는가 하는 점뿐입니다.

회사를 그만둔다는 것 자체는 좋을 것도 나쁠 것도 없습니다. 그만두지 않는 편이 좋을 수도 있고, 반대로 그만두는 편이 좋을 수도 있습니다. 다만, 어떤 상황이든 그걸 결정하는 것은 나 자신입니다. 중요한 것은 그 결단에 스스로 납득할 수 있는가 하는 점입니다.

그러기 위해서는 그것이 회사와의 싸움이 됐건 은혜 갚음이 됐건 '할 만큼 했다'는 기분을 느껴야 하는 게 아닐까요?

결과가 어떠하든 주어진 곳에서 최선을 다할 것. 그렇게 마음을 먹으면 온갖 불합리함을 끝없이 건네주시는 회사라는 존재가,

그런 삶의 방식을 훈련시키기 위한 학교가 아니었나 생각하게 됩니다.

아아, 회사여! 고마웠다!

지금은 진심으로 그렇게 생각합니다.

4.
이토록 지독한 '회사 사회'

한없이 부정적인 반응들

이렇게 설마설마하던 '퇴사'를 행동으로 옮겼습니다.

돌이켜보니, 어려서부터 교육이라면 뼛속까지 극성맞은 어머니 밑에서 자라선지, 정해진 대로의 반항은 해봤어도 결국엔 경쟁사회에서 이기기 위해 부지런히 공부하고, 재수도 유학도 유급도 없이 직진해서 큰 회사에 취직했습니다. 그러고 나서도 치열한 경쟁을 뚫고 운 좋게도 큰 실패 없이 살아남은 몸입니다.

오해 살 각오를 하고 말하자면, 그럭저럭 세상의 '메인 라인'을 밟아왔다고 못할 것도 없습니다.

그런 내가, 아무리 나름 만반의 준비를 해왔다지만, 회사를 중간에 그만두다니! 게다가 보다 나은 커리어를 위해 이직을 한 것도 아닙니다. 그냥 그만둔 것입니다.

음. 곰곰 생각해보니 너무 늦은 반항기가 찾아온 것일 수도 있겠습니다. 아무리 생각해도 정상이 아닙니다. 그러나 그만큼, 여기까지 잘도 왔구나, 어이없이 놀랍기도 하고 자랑스럽기도 합니다. 아무튼 이런 기회는 그리 자주 오는 게 아니니, 잠시 세련된 바에 앉아 혼자 감회에 젖어봅니다.

그러나 아이쿠야, 인생은 그리 호락호락하지 않았습니다.

회사를 그만둔다는 것은 나 따위의 경솔한 머리로 상상했던 것보다 백배는 더 엄청난 일이었습니다.

우선 세상의 반응.

회사를 그만두겠습니다, 하면 첫 반응이 거의 같습니다.

일순 침묵.

그런 똑같은 반응을 보면서, 아아, 이 사람들 머릿속은 분명 이렇겠지, 하고 상상해봅니다.

'앗, 무슨 일이 있었나?'

'설마, 물어보면 안 되는 일이 일어난 건 아니겠지……'

'어떡하지, 무슨 말을 해야 하지?'

실제로 그런지 아닌지 일일이 확인해본 건 아니라서 모르겠지만, 그 미묘한 표정을 봐서는 그리 틀리진 않았을 겁니다. 많은 사람들에게 회사를 그만둔다는 것은 너무나 '생각지도 못한 일'이니까요. 결코 축복할 만한 사태도 아니고요. '갑자기 그런 말을 꺼내면 나보고 어떡하라고' 하며 당황하는 기색이 역력합니다. 틀림없이 '음습한 이미지', 아니 더 나아가 '위험한 분위기'를 상상하고 있을 것입니다……

그래서 나 역시 매번 당황했습니다.

'이놈, 회사에서 문제 일으킨 거 아냐?' 하는 망상이 상대방 머릿속에서 엉뚱한 방향으로 흘러가기 전에, 한시라도 빨리 오해를 풀어줘야 합니다.

"아니, 딱히 회사에 불만이 있어서 그만두는 건 아니고요, 젊었을 때부터 50이 되면 그만두려고 정해뒀습니다" 하고 황급히 설명합니다. 진실을 말하는데도 왠지 땀을 뻘뻘 흘립니다. 노력한 보람이 있어서 상대방이 안심한 표정을 지어주면, 그나마 좀 마음이 놓이고요.

하지만 이것으로 끝이 아닙니다.

첫째 의문을 통과한 상대방은 편해진 모습으로 다음 잽을 날립니다.

이것 역시, 매번 같은 대사입니다.

"음, 아깝다……"

이번엔 내가 입을 다물 차례입니다. 대체 어디까지 그렇게 부정적으로 나올 심산인지.

아깝다…… 고요?

뭐가 아깝다는 건지……

월급이나, 뭐 그런 거 말입니까?

분명 이대로 회사에 붙어 있으면 엄청난 실수나 나쁜 짓을 하지 않는 한, 정년까지 상당한 월급을 받을 수 있기야 합니다. 그러니 '받을 수 있는 월급을 못 받게 된다'는 뜻에서는 아까울지도 모르죠.

하지만 그 '아깝다'는 말의 용법이 좀 이상하지 않습니까?

'받을 수 있는 월급'이란 게, 엄밀하게 따지면 있을 리 없습니다. 월급이란 회사에 공헌한 대가로 비로소 받는 것입니다. 나에 한해 말하자면, 더 이상 회사에 공헌할 수 없게 되어 그만둘 수밖에 없었던 거고, 그런 사람이, 아깝네 마네 월급을 받을 자격이 있을 리 만무합니다.

게다가 그걸 아깝게 여겼다면, 처음부터 그만둘 리 있겠습니까! 나로선, 회사에 아무런 도움도 안 되는데 그냥저냥 다니는 시간이, 얼마 남지 않은 내 인생의 시간이 '아까워' 그만두는 것인데……

우물우물 이렇게 변명 같은 소리를 필사적으로 늘어놓을 때마다, 우리 사회에서 '회사'란 게 더 이상 아무런 설명이 필요 없을 정도로 거대한 존재임을 통감했습니다.

이렇게 말하는 나 역시 젊었을 땐 좋은 학교에 들어가면 좋은 회사에 들어갈 수 있어서 인생이 순탄할 것이라는 가치관을 아무런 의심 없이 믿고 살았습니다. 그걸 위해 열심히 공부했고, 취직 활동에도 온 힘을 쏟았습니다. 회사에 들어가고 나서도 나름 애썼습니다.

하지만 사소한 계기로 '회사만 인생은 아니지 않은가' 하는 의구심이 들기 시작했으니, 달리 어쩔 수가 없습니다.

그러나 이런 생각은 필경, 적어도 우리 사회에서는 이단 중에서도 이단입니다.

그러나 또, 넓은 세상을 둘러보면, '회사를 그만둔다'='아깝다'는 방정식은 결코 '세계표준'이 아닙니다.

퇴사 직후 꿈에 그리던 인도 여행에서 다양한 나라 사람들을 만났지만, "무슨 일 하니?" 하는 질문에 "신문사 다녔는데, 곧 그만둬" 하고 대답해도 "왜?" 하고 놀라는 사람은 단 한 사람도 없었습니다.

그저 "앞으로 어쩔 생각이야?" 하고 묻고, "아직 정하지 않았어. 천천히 생각해보지 뭐" 하고 대답하면 "좋겠다" "굿 럭" 같은 반응으로 대화 종결입니다. 김 샐 만큼 반응이 뜨뜻미지근합니다.

그런데 왜 유독 우리 사회에서는 그토록 회사에 구애를 받는 것일까요?

어쩌면 회사원들이 월급이라는 이름의 '마약'에 찌들다보니 어느새 그것 없이 살 수 없게 되어버린 건 아닐까요? 좀 심하게 나약한 모습은 아닌가요?

'회사를 그만둔다'는 비일상으로 점프하여 기분이 업 된 나는, 정신을 차려보니 기세등등하게 세상에 대한 평론을 늘어놓을 기세였습니다.

그랬습니다, 그 굴욕적인 날까지는요……

부동산중개소에서 맞이한 위기

아, 이건 진짜로 위기 상황인가……

그런 생각을 한 그 순간을 잊을 수가 없습니다.

도쿄 세타가야 빌딩 안쪽에 있는 부동산중개소에서 50세 무직인 나는, 양복을 입은 젊은이에게 추궁을 당하고 있었습니다.

이번에 이사하시는 이유가 뭔가요?

보증인을 세우실 수 있나요?

얼마 정도 생각하세요?

실례지만 지금 사시는 곳 집세는요?

……저기요, 난, 그냥 인터넷에서 찾은 물건을 한번 보려는 것뿐이거든요…… 아니 그게 아니고, 메일로 내용을 명확하게 전달하고 약속 잡고 온 건데요…… 왜 갑자기 그런 개인적인 질문을 하고 그러세요? 제가 거기에 답해야 하나요?

하지만 그 젊은 직원은 몹시 고압적이었습니다.

그때껏 사회인이 되고 나서 여덟 번 이사를 했습니다만, 부동산중개소에서 이런 취급을 받아본 적은 처음입니다. 전부 회사 전근 때문에 집을 구했거든요. 법인계약이니까, 나름 비싼 집세도 물 수 있으니까, 하고 오히려 내가 더 고압적이었을지도 모릅니다. 물론 부동산중개업자도 나를 무척 소중히 다뤘습니다.

그랬는데 이런 대우라니. 너무나 심한 격차에 그만 멍청하게도 솔직하게 모두 대답하는 나.

"저기, 일을 그만두게 돼서요, 집세가 좀 싼 데로 가고 싶어서요……" 여기서 젊은 직원 눈썹이 슬쩍 위로 움직인 것 같아 당황한 나머지 나는 덧붙였습니다. "보증인이라면 부모님이 계시는데요." "65세 이상은 보증인이 되실 수 없습니다만." "읏, 그, 그런가요……"

처음 듣는 소리. 하지만 비틀비틀 서로 의지해 살아가는 노부모의 모습을 떠올리며, 그야 그렇겠지 하고 납득하지 않을 수 없었습니다. 그런 것도 모르고 집을 빌리려고 하다니. 여태껏 모두 회사에 맡기고 살았으니…… 앞으로 정신을 바짝 차려야겠군.

"언니가 있는데요."

"실례되지만 언니께선 직업이 있으신가요?"

"……아뇨, 지금은 전업주부인데요……"

그렇구나, 일하지 않는 사람은 보증인이 될 수 없구나. 모, 몰랐어…… 그런데 생각해보니 우리 집 가족 전원이 무직이잖아! 이런, 맙소사!

"형부께선 일을 하고 계시죠?"

"아, 네. 일하고 있습니다!!"

드디어 보증인 적임자가 나타났습니다. 아아, 다행이다!

"그분은 보증인이 되어주실 수 있나요?"

"아…… 아마도 돼줄 겁니다!"

어느새 나는 그 젊은 직원 마음에 조금이라도 들어보려고 필사적으로 노력하고 있었습니다. 그런데 정말 형부한테 부탁할 수 있을까? 대기업에 다니고 있으니 보증인으로서는 더할 나위 없지만, 벌써 몇 년이나 얼굴을 보지 못했습니다. 돈 문제고, 또 무엇보다 50세 무직 여자의 부탁을 적극적으로 들어주고 싶을까……

"저기, 혹시 형부에게 부탁을 못하면 어떻게 되지요?"

"음, 그럼 보증회사란 게 있는데요."

젊은 직원이 책상 바로 옆에 있는 팸플릿을 얼른 집어 들어 보여줍니다.

"일정 금액을 지불하면 보증회사가 대신 보증을 서줘요."

"비용은 얼마나 드나요?"

"월세의 반입니다."

뭐, 뭐라고? 그렇게나 비싸?

"그렇다면, 10만 엔짜리 집을 빌리면 실제 집세는 15만 엔이라는 말입니까?"

그럼 집세를 줄여봐야 전혀 의미가 없잖아! 보증인을 세우지 못한다는 약점을 빌미로 사람을 착취하려 드는 비정한 세상에 너무나 화가 나 목소리가 높아졌습니다.

"아, 아니, 그게 아니라 첫 집세의 반을 지불하시면 1년 동안 보증을 받으실 수 있습니다. 그리고 2년째부터는……"

뭐야, 그런 거야? 그 정도면 뭐, 못 물 것도 없지. 하긴, 아무렴 그렇지, 설마 매달 집세의 반을 받아갈 리 없잖아. 그러면 누가 보증회사를 쓰겠어. 그러나 그런 세상 상식을 전혀 모르는 내 자신에게 다시 놀라, 더욱 초조해졌습니다.

"얼마나 넓은 집을 원하시나요?"

"아, 좁아도 괜찮아요. 20제곱미터만 되면."

"그런가요……? 지금 사시는 데는 어느 정도 넓이인가요?"

왜 그런 질문에 대답해야 하지? 하지만 예기치 못한 질문은 힘이 셉니다. 준비하지 못한 만큼, 왜 그러지? 싶으면서도 제대로 대응하지 못하고 결국 솔직히 대답해버립니다.

"음, 글쎄요, 아마 45제곱미터 정도일 겁니다."

"그런가요. 그럼 집세는요?"

뭐, 뭐라고? 그런 걸 왜 물어?

이건 대체 뭐야. 취조야 뭐야.

그러다가 겨우 생각이 미쳤습니다.

날 의심쩍게 여기는구나.

부동산중개소에 들어가자 "여기에 기입해주십시오" 하고 종이를 건네받았는데, 이름과 주소와 연락처와 근무처를 적으라고 되어 있었습니다. 숨길 이유도 없었고, 물건을 보는데 이 정도 정보 제공은 어쩔 수 없겠다고 거침없이 썼습니다.

그런데 '근무처'를 적지 않았던 것입니다.

딱히 숨길 마음은 없었습니다. 이때는 유급 휴가중이어서 형식상으로는 회사원이었지만, 이제 곧 그만둘 거고 회사 이름을 적는 게 공정하지 못하다는 느낌이 들었습니다.

그러나 그런 일을 그 직원이 알 리 없습니다.

나를 '무직일 가능성이 있다'고 생각했던 것입니다.

그래서 처음에 이사 이유를 물은 거구나. 무직인 인간이 이사를 간다면 집세를 내지 못하게 되었다든가, 문제를 일으켰다든가, 그런 좋지 않은 이유가 있을지도 몰라, 그렇게 의심했던 게 아닐까……

그렇군, 그런 이유였군. 세상은 '회사'로 돌아가고 있는 거구나. 회사에 다니기만 하면 한 사람의 사회인이구나. 회사는 매달 일정액의 월급을 따박따박 넣어주니까. 집세를 못 받을 가능성이 훨씬 희박해지니까. 그래서 부동산업계가 잘 돌아갈 수 있는 거구나.

하지만 난 회사를 그만둔 몸입니다.

그러면 곧바로 사회인이 아닌 걸로 간주됩니다. 그리고 '수상한 사람'이라는 카테고리로 분류된 것입니다.

그렇구나, 회사를 그만둔다는 게 이런 거였구나……

카드를 만들려면 회사를 그만두기 전에!

부동산뿐만이 아닙니다. 회사를 그만둔 사람은 갖가지 경우에서 '틀 밖'에 놓입니다.

예를 들어 신용카드가 그렇습니다. 회사를 그만두면서 카드 연회비를 줄이려고 세 장 있었던 카드를 일단 없애고, 연회비가 가장 싼 카드를 한 장 신청하려던 나는, 그럼 어떤 카드가 있을까 싶어 인터넷으로 찾아보다 놀라운 사실을 발견했습니다.

원래 무직인 사람은 신용카드 심사에 통과하기가 무척 까다롭다는 것입니다. 어, 그래? 하고 놀라 주위 사람들에게 물어보니 무직뿐만 아니라 자영업자도 심사에서 잘 걸린다고 합니다.

아, 몰랐어……(←바보).

그러나 곰곰이 생각해보니, 그것도 이유 없는 차별이라고는 할 수 없습니다.

신용카드란 '빚' 신청서입니다. 신용카드를 만든다는 것은 카드 회사가 "이 사람은 빚을 제대로 갚을 사람이니 안심하고 돈을 빌려주셔도 됩니다" 하는 보증서를 주는 셈입니다.

그렇다면 어떤 사람이라면 '안심하고 돈을 빌려줘도 된다'고 판단할까요.

개인적으로 아는 사이라면야 책임감이 강하다든가 성실하다든가 함부로 돈을 빌리지 않는 타입이라든가, 종합적인 판단을 할 수 있을 테지요. 그러나 빅 비즈니스 세계에서 그런 심사가 가능할 리 없습니다. 거기서 결정타가 되는 것은 '정기적인 수입을 보증할 수 있을지 여부', 다시 말해 '회사에 다니고 있는지 여부'입니다.

그래서 사람들은 거의 이구동성으로 "카드를 만들려면 회사를 그만두기 전에!" 하고 조언해주었습니다.

뭐, 알아는 듣겠어요. 그게 현실적인 대응이겠지요. 하지만, 뭔가 좀 잘못되지 않았습니까?

나란 인간은 똑같은 인간입니다. 정기적인 수입이 있든 없든, 갚지 못할 빚을 질 마음은 추호도 없습니다. 여태껏 빚진 돈은 다 갚았고, 앞으로도 그럴 겁니다.

그러나 그런 한 사람의 인간으로서의 긍지나 실적 따위, '회사에 소속되어 있는지' 하는 한 가지 말고는 모든 것들이 무시당합니다. 실제로는 회사에 소속되어 있어도 빚을 제때 안 갚는 헐렁한 인간들이 무수히 많을 테고, 카드를 만들고 그 일주일 후에 회사를 그만두는 사람도 얼마든지 있을 겁니다. 그야, 알고는 있지요. 이런저런 경우를 다 포함해, 비즈니스 세계에서는 그게 합리적인 판단이라는 것을. 어딘가에서 선을 긋긴 해야 하니까요……

여기까지 생각하고, 문득 깨달았습니다. 신용카드란 것이 원래 개인을 위한 서비스가 아님을. 신용카드란 원래부터가 회사와 회사의 상조 시스템입니다. 회사가 사원에게 정기적인 수입을 주고, 그 월급을 믿고 부지런히 물건을 사도록 카드회사가 빚을 백업해줍니다. 이렇게 해서 월급 이상으로 쓰는 사람이 늘고, 그 결과 국가 경제 규모가 더욱더 확대됩니다.

그 사이클 속에 있는 사람에게 주어진 권리가 바로 이 '신용카드'입니다.

아, 덧붙이자면 무직은 신용카드뿐만 아니라 주택담보대출도 못 받습니다. 이것 역시 마찬가지 원리입니다. 월급을 주는 회사, 부동산 회사, 은행. 이 3자가 각자 리스크를 분담해 개인에게 빚을 지게 함으로써 경제를 확대해가는 시스템. 이 얼마나 잘 짜인 구도인가요.

우리 사회는 회사라는 장치를 통해 신용을 담보함으로써 많은 것들이 성립되고 있는 것입니다. 아아, 그리고 나는 그 사이클 밖으로 무턱대고 뛰쳐나와버린 것입니다.

국가에 의한 '징벌'까지 있을 줄이야!

그렇군, 우리 사회란 그야말로 '회사 사회'였구나.

그런 '의문'은 퇴사를 앞두고 회사에서 해주는 세금이니 보험이니 연금이니 하는 설명을 들으며 더욱 분명한 확신으로 바뀌었습니다.

회사를 그만두는 인간에게 주어진 시련은 놀라우리만치 곳곳에 포진해 있었습니다.

그것은 국가에 의한 징벌이라고밖에는 도저히 생각할 수 없는 것들이었습니다.

〈12월 25일의 일기〉

나의 50세 크리스마스. 더할 나위 없이 로맨틱한 하루. 회사에서의 마지막 건강검진. 소변 검사 등을 받다. 총무로부터 퇴직금이라는 이름의 위자료 지급에 관한 설명을 듣고, 동시에 연금, 건강보험 같은 안전장치가 떨어져나갔음을 통고받다.

최종 로켓 발사가 임박했다.

다음은 잊어서는 안 될 것들.

- 퇴직하면 회사 후생연금에서 빠져나와 국민연금 보험료(매달 1만 5590엔)를 물게 된다. 주소지 주민센터 연금과를 방문해 소정의 절차를 밟을 것(퇴직증명서 필요).
- 실업보험을 받기 위해서는 퇴직일로부터 2주 이내에 회사가 보내주는 고용보험 피보험자 이직확인서, 고용보험 피보험자증, 운전면허증, 사진 2매(3×2.5센티미터), 인감을 가지고 거주지 관할 직업안정소에 제출하고 구직 신청을 할 것.
- 건강보험증은 퇴직 시에 반환한다. 퇴직 다음날부터 2주 이내에 거주지 관할 주민센터에서 아사히 건강보험조합이 발송한 '자격상실 증명서'와 인감을 지참하고 절차를 밟을 것.

• 주소지 변경 신고. 그 후에도 변경할 때마다 총무과에 반드시 연락할 것(그렇지 않으면 연금이 끊길 수도 있음!!).
• 확정거출연금 자격상실. 게다가 과거에 적립한 돈은 60세가 되기 전까지 인출할 수 없다(뭐라고?). 아무튼 절차가 필요. 금융기관에 반드시 연락할 것.

이것저것 골치 아프긴 한데, 한마디로 정리하자면 연금이나 건강보험이 회사 보호에서 떨어져나와 국가 산하로 이행한다는 것입니다. 앞으로는 벌거벗은 한 개인으로서 국가와 대면하게 됩니다. 그러고 보니 이제까지 국가의 이런 시책에 대해 진지하게 관심을 가져본 적이 없어 완전히 문외한입니다. 나는 회사의 보호를 받고 있다고 믿어 의심치 않았기 때문에 내겐 완전히 남의 일이었습니다.

따지고 보면 정말 최악의 신문기자로구나, 난.

이런저런 이유로 아베 수상이여, 잘 부탁합니다. 앞으로는 당신과의 진짜 싸움이 시작됩니다.

그리고 실업보험. 보험료를 받으려면 "재취직을 위해 구직 활동을 하고 있다는 증거가 필요하므로 주의하시길 바랍니다"라는 말을 들었습니다. 그럼 나처럼 '이젠 취직하고 싶지 않다'는 삶의 방식을 선택한 인간은 어떻게 되는 걸까요? 회사를 그만두고 프리랜서가 되거나, 독립하거나, 자영업을 하는 사람도 많을 것입니다. 그런 사람들은 실업보험을 받지 못한다는 말일까요? 그렇다면 정말로 우리 사회는 회사 사회 그 자체입니다.

그렇게 질문하자 총무과 사람도 허를 찔린 듯 대답합니다. "그러고 보니 그렇군요. 생각해본 적은 없지만. 원체 우리 회사를 그만두고 독립하는 사람이 거의 없으니까요."

……그렇구나. 아사히신문이라는 곳은 회사 인간이 모인 집단이었구나……

그런데 여기서 설명 담당자가 바뀝니다. 건강보험조합과 세금에 대해서는 담당자가 직접 설명을 한다고 합니다.

우선 건강보험. 담당하시는 아저씨께 퇴직자도 2년에 한해 회사 건강보험에 들 수 있다는 설명을 들었습니다. 그렇다지만 보험료는 국가 건강보험과 그다지 다를 바 없고, 메리트라면 회사 진료소나 회사가 지정한 헬스 센터를 할인요금으로 다닐 수 있다는 정도뿐. 내게는 별 관계 없을 테고, 그만둔 회사에 언제까지나 어물쩍 기대서는 안 되겠다는 판단을 했습니다. 국가 건강보험으로 이행하자.

그리고 마지막으로, 믿을 수 없는 빅 서프라이즈가 기다리고 있었습니다.

크리스마스 최대의 하이라이트. 그건 세금 설명이었습니다.

이런, 이건 정말이지, 정말이지 예상하지 못했습니다!! 퇴직금의 7분의 1을 국가 및 지방이 갖고 간다니!

커억, '코에서 우유'*라는 말이, 태어나서 처음으로 생생하게 머릿속을 지나갔습니다!

아아, 솔직히 그 설명은 좀 더 일찍 들었어야 했습니다. (웃음)

그때까지 몇 번이고 퇴직금 계산에 대한 얘기는 들어왔습니다. 그걸 근거로 열심히 생활비를 따지고, 그래, 이거면 어떻게든 살겠다 싶어 정말로 그만두겠다는 결의를 한 후 지금 여기 앉아 있는 건데…… 정확한 금액은 아니더라도, 이렇게나 세금이 많이 떼인다든가, 적어도 세금이 떼이면 그 금액을 전부 다 받을

* 마시던 우유가 코로 나올 만큼 당혹스러운 상황을 가리키는 표현.

수는 없다든가, 좌우당간 그 정도쯤 귀띔해줘도 되는 거 아닌가요……?

아니 뭐, 그쪽에서는 말해줬는데, 이쪽이 전혀 들을 준비가 안 되었던 것일 수도 있습니다…… 네, 솔직히 말하죠. 전 퇴직금에 세금이 붙으리라곤 상상조차 못했습니다!!

따져보면 그게 상식인가요? 아니, 보통은 상식일 테죠, 아마도(←바보). 자업자득. 남 탓을 해선 안 되겠죠.

그러나 만약, 이 설명을 일부러 마지막으로 돌린 거라면…… 하는 생각이 드는 게, 여타의 설명을 모두 끝내더니 "그럼 세금 관계 설명을 담당자가 하겠습니다" 하고 천천히 사람이 바뀌는 겁니다. 그러고는 이런저런 복잡한 세금 구조에 대한 (거의 이해할 수 없는) 설명을 한 다음, 만반의 준비를 갖추고 "이나가키 씨의 경우엔 이렇습니다" 하고 한 장의 종이를 내밀지 않겠어요?

아니, 이건 마치…… 고급 음식집에서 우쭐대며 밥을 먹은 후에 계산서를 달라고 하자 오너 사모님 같은 분이, 결코 금액을 입에 올리지 않고, 천천히 손으로 써 슬쩍 내미는 종이를 받는, 그런 느낌입니다.

대부분, '으악' 하고 정신이 번쩍 드는 어마어마한 금액이 쓰여 있지요.

그래서 불안한 예감이 들기는 했습니다만…… 여, 역시나!

내 인생 최고 금액의 청구서였음은 틀림없습니다. (웃음)

이건 뭐, 소문에만 듣던 바가지 씌우는 룸살롱은 상대가 못 됩니다. 무섭다, 국가 권력!

하지만 뭐, 괜찮아요. 까짓 거, 물죠, 그 세금! 고액 세금을 내야 한다는 건 그만큼 수입이 있었다는 뜻이고, 오히려 감사해야 할 일이겠죠. 게다가 이렇게나 많은 세금을 내고 있으니(←제가 좀 끈질기죠?) 나, 국가에 엄청 공헌하고 있어요, 수상! 꼭 세상을 위해, 사람들을 위해, 올바로 써주셨으면 좋겠네요.

……라며 열심히 스스로를 납득시켰습니다만, 그래도 도저히 납득할 수 없는 게 하나, 아직 남아 있었습니다.

바로 퇴직금에 붙는 세금 계산 방법입니다. 작금의 세금 제도는 나 같은 조기 퇴직자에게 혹독합니다.

무슨 말인고 하니, 퇴직금 일부는 세금 '공제'를 받는데, 이 공제액이, 근속 연수가 길수록 늘어나는 구조로 되어 있습니다. 다시 말해, 우리의 수상은 '도전할 수 있는 사회'를 만들겠다고 공언하셨는데, 제도 자체는 같은 회사에 오래 근무하며 붙어 있을 수록 세금 공제에 유리한 구조로 되어 있다는 거지요.

한마디로, 회사로부터 자율적으로 자립하고 독립하는 인간은 국가로부터 페널티를 받습니다. 뭔가 이건, 말과 행동이 너무 다르지 않은가요?

실업보험도 못 받다니!

더군다나 놀라 자빠질 만한 게 실업보험입니다.

처음엔 나처럼 자기 사정으로 퇴직하더라도 150일분이나 받을 수 있다니, 수입이 끊기는 몸으로서는 너무나 고마운 제도다 싶었습니다.

그저 신경이 쓰인 점은, 앞서 썼듯이 "수령하려면 심사가 까다로우니 주의하라"는 말을 들었다는 것입니다. 구직 활동을 잘하고 있다는 증거가 없으면 지급받지 못한다는 뜻입니다.

물론 이유는 알겠어요. 국가 입장에서야 일할 수 있는 사람이 제대로 일을 해주지 않고 멍하니 살면, 국가 경제가 파탄이 날 거라고 생각하겠죠.

그러나 '일한다'='회사에 소속된다'는 아니잖아요? 이 회사를 그만두고 다른 회사로 옮겨가는 사람도 있겠지만, 독립하거나 가게를 내거나, 프리랜서로 승부를 걸어본다거나, 그런 사람도 있는 거잖아요. 그게 나쁜 일인가요? 비난받을 일인가요?

그런데 말입니다, 알아보니, 실업보험은 다른 회사에 취직하려는 사람만 받을 수 있고, 개인으로 독립하여 생계를 꾸리려는 사람은 받을 자격이 없다는 것이었습니다.

그러니 실업보험이란 우리나라 성인들을 '회사'라는 시스템에 끼워 맞추기 위한 제도였던 것입니다!! 회사를 벗어나 자신의 두 발로 서려는 사람은, 그때까지 아무리 열심히 보험료를 냈다고 한들 실업 후에 필요한 보호를 받을 수가 없습니다.

이 충격, 이해하시겠어요?

물론 회사에서 일한다는 삶의 방식을 부정할 생각은 추호도 없습니다. 하지만 회사에서 일하지 않는 삶의 방식도 마찬가지로 존중받을 수 있어야 하는 게 아닌가요?

아니, 생각해보세요. 독립하려는 사람이 취직하려는 사람보다 훨씬 위험부담을 감수해야 합니다. 그러니 보다 더 보호받아야 한다고까지 주장하는 건 아니지만, 적어도 새로운 일이 궤도에 오를 때까지 재취직하려는 사람과 같은 수준으로 생활을 보장받을 수 있어야 하는 거 아닙니까? 이제껏 실업보험 시스템을 유지하기 위한 보험료를 부지런히 갖다 바쳤으니 말이죠.

아아, 왜 이렇게나 회사, 회사 하는 걸까요, 대체……

회사원이 아니면 우리 사회에선 사람이 아닙니다. 수상쩍은 인간이고, 신용도 얻을 수 없습니다. 국가까지 나서 '징벌'을 내립니다.

국가 역시 회사에 기대고 있다

대체 왜, 국가까지 국민에게 '취직하라'고 강요하는 걸까요?

'일하라'는 거면 이해합니다. 하지만 '일하는 것'이 곧 '회사에 소속되는 것'을 뜻하는 건 아닙니다. 그런데도 왜 '일하라'고 하지 않고 '회사에 소속되라'고 하는 걸까요?

도대체 이해가 안 되다가 퇴직 절차를 밟다보니 '그럴 수도 있겠네……' 싶은 생각을 하게 됩니다.

왜냐하면 회사를 통하지 않고는 건강하고 문화적인 최소한의 생활을 보장하기 위한 '나라님 경영 시스템'이 제대로 작동하지 않기 때문입니다. 아니, 이미 파탄 직전, 아니, 이미 파탄 났다는 생각밖에 들지 않습니다.

예를 들어 국민건강보험. 회사를 그만둔 사람은 이에 가입해야 합니다만, 이 보험료가 정말 비쌉니다. 자치단체에 따라서는 300만 엔 소득인 사람의 연간 부담이 40만 엔을 넘기는 데도 있습니다. 다섯 가구 중 한 가구가 체납하고 있고, 보험료를 내지 못해 병에 걸려도 진료를 받지 못하는 비극이 일어나고 있습니다. 왜 이런 일이 일어날까요.

국민건강보험에 가입한 40퍼센트 이상이 무직이고, 나머지 개인사업자들이 이 사람들 몫을 충당해야 하기 때문입니다. 게다가 경제정세의 악화와 고령자 증가로 가입자 평균 소득이 줄어드는 추세입니다. 결과적으로 고액 소득자도 아닌 사람들이 지나치게 비싼 보험료를 지불해야만 합니다.

멋모르는 사람 눈에도 제도로서 완전히 파탄에 이르렀다고밖에 보이지 않습니다.

하지만 회사원이라면 안정된 수입이 있는 동료들끼리 서로 도와주는 회사 건강보험에 가입할 수 있습니다.

일본에는 누구나 저렴하게 의료 서비스를 받을 수 있는 '국민개보험제도'가 있다고들 하는데, 현실적으로는 회사를 통하지 않으면 국가는 국민의 건강을 지킬 수 없게 되어버렸습니다.

연금도 그렇습니다. 국민연금 보험료는 다달이 약 1만 6000엔. 이를 40년 동안 지불해야 겨우 지불한 전액의 연금을 받을 수 있는데 그 액수는 한 달에 약 6만 5000엔입니다. 이걸로 집세를 내면서 사는 것은 거의 불가능해 보입니다. 다시 말해 현역 때 아주 열심히 보험료를 지불했다고 해도, 노후에 '연금으로 생활할 수 없다'는 말입니다.

이런 와중에 연금 미납자가 40퍼센트. 그걸 누가 비난할 수 있을까요? 이렇게 되면 제도가 완전히 파탄했다고밖에요.

그에 반해 회사원이 가입하는 후생연금은 다달이 약 15만 엔을 받을 수 있습니다. 회사가 연금의 반액을 지불해주었기 때문이죠.

즉, 국민의 노후 생활도 국가는 회사를 통해서나 겨우 보장할 수 있다는 게 실상이라는 뜻입니다.

흠, 조금씩 감이 잡힙니다.

지금 우리 사회가 유지되는 것은 '회사'가 있기 때문입니다.

국가 따위, 문제가 아닙니다. 회사야말로 국민의 신용과 생활을, 다시 말해 우리의 '생명'을 보장해줍니다.

그래서 국가는 국민들에게 '취직하라(회사에 들어가라)'고 압력을 넣고 있는 것입니다, 아마도.

그런데 난 그 회사를 뛰쳐나오고 말았다는 거죠.

으으으으윽……

5.
아무도 행복해지지 않는 목표

홀로 황야에서 바라본 세계

회사를 그만두면서 '요람에서 무덤까지'의 완벽한 안전장치가 모조리 뜯기고, 표표히 황야에 섰습니다. 그러자 곧바로 무서운 현실이 사무칩니다.

이 황야는 회사에 소속되지 않으면 자동적으로 '틀 밖'에 놓이는 구조입니다. 수상한 사람 취급을 받고 신용을 얻지 못하고 생활을 보호하는 안전망에서도 제외됩니다.

우리 사회란 실은 '회사 사회'였던 것입니다!

설마설마했었지만, 정말로 우리 사회는, '회사원이 아니면 사람이 아닌' 사회였던 것입니다……

이런, 몰랐습니다!

하지만 이미 난 회사 밖인걸요!

지금에 와서야 그게 그런 거였구나 싶습니다. 그래서 다들 정직원에 목매다는 것입니다.

나는 지금까지 정직원이었기 때문에 어리석게도 그런 절실함을 전혀 이해하지 못했었습니다. 정말 몇 번을 말하지만, 한심한 신문기자입니다. 그러나 지금은 좀 이해가 갑니다. 우리가 사는 이 사회에서 정직원이 되느냐 마느냐는 너무나 큰일입니다. 거기서 튕겨나가버리면 수입이 적다는 것으로 끝나지 않으니까요. 마음 편히 병에도 못 걸리고, 안심하고 늙기도 정말 힘이 듭니다. 간략히 말해서 나는 이제 인권조차 보장받지 못하는, 안전장치 없는 세계에 있습니다.

그러나 말입니다, 그럼 역시 회사에 있는 편이 나았겠는가? 그렇게 자문해보면, 으음 하고 신음하게 됩니다.

지금의 회사는 점점 더 이상해져가고 있기 때문입니다.

회사를 그만두고 홀로서기를 하고 나니, 무엇을 하든 혼자서 이 회사 사회에 맞서 싸워야 합니다. 거기에서 드러나는 회사란 것이, 실로 냉정하고 무서운 모습을 하고 있습니다.

거기서 일하는 사람들도 전혀 행복해 보이지 않습니다. 우선 그 일례를 써보고자 합니다.

휴대전화 구입 후 사흘을 드러눕다

회사가 무섭다!

무직이 되고 나서 처음 그렇게 느낀 것은 사소한 일이 계기가 되었습니다.

휴대전화 구입, 겨우 그것만으로 사흘을 드러눕고 말았지요.

실은 부끄럽게도 휴대전화를 내 손으로 구입해본 게 난생처음이었습니다. 전화, 메일, 정보 검색 등, 세상과 이어지는 수단들을 100퍼센트 회사에 의존하고 있었습니다. 신문사에서의 통신 수단은 모두 업무와 직결되므로 휴대전화든 컴퓨터든 회사가 대여해줍니다. 컴퓨터에 보내온 메일을 스마트폰으로 전송해주는 설정도 모두 회사가 해줍니다. 난 그저 거기 편승해, 원숭이라도 할 수 있는 기본 조작만 하면 되었던 것입니다.

회사를 그만두었더니 당연히 휴대전화도 컴퓨터도 다 회사에 반납해야 합니다. 그러자 내 전화번호도 메일 주소도 사라져버렸습니다. 갑자기 그렇게 되면 아무도 이나가키 씨와 연락을 취할 수 없게 되겠지요. 편지라는 수단도 있습니다만, 주소를 또 어떻게 알리느냐 하는 문제가 발생합니다. 아무래도 이건 큰 문제입니다.

그럼 얼른 휴대전화와 컴퓨터를 사라고 하겠지만, 이 시점에서 나는 완전히 얼어버리고 말았습니다. 어떤 휴대전화를 어디서 사야 할지, 컴퓨터도 무엇에 중점을 두고 어디서 어떻게 사야 할지, 이미 여기서부터 완전히 허우적대기 시작했던 겁니다.

실은 내게는 트라우마라 할 만한 기억이 있습니다. 집에서 사용할 컴퓨터를 사고 싶어서 가전제품점에 간 적이 있습니다만, 넓은 매장에 진열된 온갖 컴퓨터와 의미를 알 수 없는 설명문 앞에서 완전히 공황 상태에 빠져 도망치고 싶었던 적이 있습니다.

왜 엇비슷한 컴퓨터인데 제로 엔부터 몇십만 엔이라는 가격

차이가 나는지, 대체 여기서 무슨 일이 벌어지고 있는지, 대체 여기서는 무엇을 파는 건지, 아니, 그렇게 생각해보니 난 뭐 하러 여기에 와 있는 건지……

그때 얻은 '도저히 이건 나 혼자 힘으로 해결할 수 없다'는 교훈을 떠올리고 컴퓨터를 잘 아는 회사 동료에게 의논했습니다.

"우선 휴대전화를 사야지." 흠흠. 자 그럼 어떤 휴대전화를 사면 돼? "안드로이드나 아이폰, 뭘로 할래요?" 아, 이건 나도 좀 압니다. 안드로이드는 지금 회사에서 빌려주고 있는 휴대전화고, 아이폰은 좀 멋진 그거. 모처럼 회사도 그만두는데, 큰맘 먹고 아이폰으로 바꿔봐야겠다. "그럼 대리점에 가서 무조건 싸게 살 수 있는 방법을 의논해봐요. 구형이면 쌀 테니까." 흠흠. 그 정도로 심플한 의논쯤은 나도 할 수 있을 것 같습니다.

이렇게 해서 어느 날 저녁, 마음을 단단히 먹고 근처 대리점에 들어갔습니다. 우선 긴장하고 아이폰 견본 코너로 다가갑니다. 아, 있네. 음, 신형은 '식스 에스'고 구형은 '식스'로구나. 그럼 내 휴대전화가 될 모델은 '식스'라는 거네. 나는 용기를 내어 곁을 지나가는 점원에게 말을 걸었습니다.

"저기, 가급적 싸게 아이폰을 사고 싶은데요, 이 식스가 싼가요?" 동료가 지시한 대로였습니다. 우매한 질문이기는 했지만, 진짜로 전혀 모르는 상태니 처음부터 '모른다'는 사실을 그쪽이 알아주는 게 마음이 편합니다.

그러자 점원은 "그야 식스가 좀 더 싸긴 해도, 가격 차이가 크게 나지는 않습니다. 둘 다 다달이 600엔대니까요……" 어, 그래? 600엔대면 엄청 싸잖아? 하지만 그렇다고 해도 다달이 내는 거니 조금이라도 싼 편이 좋겠지요. 어쨌든 무직이 될 거니까요……

"그럼 저쪽으로 가서 설명을 들으실래요?" 안쪽 테이블에서 드디어 상담이 시작되었습니다.

아니, 이런. 여기서부터는 솔직히 떠올리고 싶지도 않습니다!

겨우겨우 계약을 끝내고 집에 돌아온 다음, 최근 10년 동안 가장 높은 고열을 앓으며 사흘을 드러누웠답니다! 담당 점원의 감기 기운이 옮았을 수도 있겠지만, 아마 그것보다는, 너무나 알 수 없는 것투성이라서 '지혜열'이 났던 게 아닐까 합니다.

600엔대면 싸잖아, 그렇게 생각했던 매달 지불액이 어느새

8000엔을 가볍게 넘겼습니다.

통화료, 통신료, 각각 다양한 '요금제'가 있다는데, 난 통화도 통신도 최소한도로만 할 거니까(그렇게만 할 수 있으니까) 제일 싼 것으로 해달라고 주장했지만, 뭐와 뭐를 합치면 이렇다 저렇다 하면서 "이게 더 이득"이라는 말을 자꾸 반복하더니, 좀처럼 계약을 해주지 않았습니다. 뭐가 어떻게 이득인지 알 수 없는 채로 이야기가 흘러갑니다. 불분명한 부분에서 열심히 되물을 때마다 점원은 물 흐르듯이 설명을 해줬지만, 그 설명에 쓰이는 단어를 거의 이해하지 못하고, 이야기를 들으면 들을수록 점점 더 알 수 없게 되면서 무력감만 깊어져갑니다.

게다가 "휴대전화가 고장 났을 때를 대비한 보험은 어떻게 하시겠습니까?" "부재중 전화는 유료인데 어떻게 하시겠습니까?" 하고 예기치 못한 결단을 강요합니다. 음, 보험이라고. "화면이 깨지거나 하면 수리하는 게 무척 비싸거든요." 그렇겠지. 부재중 전화도 일 때문에 연락할 때 필요할 테지…… 어느덧 점점 요금이 가산되어갑니다. 그리고 뭔지 잘 모르겠지만 "기종을 변경할 때도 쓸 수 있는 저렴한 선불카드"라는 것을 권하기에, 아뇨, 기종을 변경할 생각은 없는데요, 그거 필요한가요? 하고 묻자 힘차

게 대답하길, "필요합니다!" 편의점에서도 쓸 수 있고 신용카드가 아니니까 안전하다고 하는데, 난 원래 편의점에서도 그렇게 안 쓰고, 안전하다니, 그건 뭐랑 비교해서 안전하다는 거지? 그냥 안 갖고 있으면 위험하지도 안전하지도 않잖아? 그런 생각을 하면서도 이미 대화할 기력이 남아 있지 않았습니다.

더구나 이것으로 끝나는 게 아니었습니다. "액정 보호 필름은 어떻게 하실래요?" "꼭 붙이시는 게 좋습니다." 그야 있으면 좋겠지만 이게 생각보다 꽤 비싸다고요! 있으면 좋은 걸 그럼 왜 처음부터 안 붙이고 팔아, 무직에 중년인 나는 그런 생각을 합니다. 하지만 젊은 친구는 "붙이기 힘드실 테니 제가 해드릴게요" 하고 함박 미소를 짓습니다. 그럼 그렇게 해주세요, 하고 머리를 숙이는 나. 그리고 또 "케이스는 어떻게 할까요?" 아직 더 남은 거야? 그렇지만 아마 있으면 더 좋겠죠, 아마도? 예쁜 거 아니라도 좋으니 제일 싼 걸로 골라달라고, 사소하면서도 거짓된 승리감으로 마음을 위로하는 나.

아마 이 시점에서 열이 나기 시작했겠죠. 돌이켜보면 "3개월은 무료"라는 요금제도, "정말 이득이라니까요" 하는 말에 넘어가 계약한 것 같은데 그게 어떤 계약이었는지 이미 잊어버린 상태로 대리점을 나왔습니다.

바로 그때, 여기저기서 휴대전화 대리점이 화려한 간판을 내걸고 사람들을 끌어들이려는 모습이 눈에 들어왔습니다.

"다른 통신사로 변경하면 ××이 공짜!" "○○로 ××도 이득!" 이건 뭐 공짜와 이득의 퍼레이드입니다. 나도 방금까지 몇 번이나 "이득"이라는 말을 들었는지 모릅니다. 그런데 뭐랑 비교해서 어떻게 이득인지, 그걸 마지막까지 이해할 수 없었거든요!

어쩌면 일부러 모르게 하는 건 아닐까?

"아이폰, 모두 다 합쳐 다달이 3900엔"이라는 간판도 있었습니다. 아, 이건 지금은 무슨 뜻인지 좀 알겠어요! 중요한 건 아이폰 본체 가격이 아니라 다달이 얼마 들어가는지 하는 "합계" 가격입니다. 내 경우 8000엔을 거뜬히 넘겼지만, 이게 3900엔이면 된다는 뜻인가? 그게 낫겠다 싶으면서도 아마 지금의 지식으로는 어느 가게에 들어가든 점원이 하는 말을 전혀 이해하지 못하고, 결국 이런저런 '요금제' 권유에 똑같이 고개 숙인 채 가게를 나올 게 뻔합니다.

대체 뭐가 이득이라는 건지

그렇게 생각하니 세상 휴대전화 대리점이라는 게 모두 다 무서워집니다.

네, 알고는 있습니다. 내가 너무 지식이 모자란 게 탈이었던 거죠. 제대로 아는 사람이었다면 그렇게 되지는 않았을 것입니다. 하지만 말이죠, 이 고령화 사회에서 할머니 할아버지들이 이런 복잡한 '공짜, 이득' 시스템을 얼마나 이해할 수 있을까요? '이득'이라는 말을 듣고 이런저런 요금제가 붙어서 또 몇 개월 무료 계약에 질질 끌려가다 결국 해약하는 것도 잊고 필요도 없는 고액 요금제에 말려들어가지 않을까요?

제 아버지를 떠올립니다. 아버지는 배움에 대한 열의가 무척 강한 편이라고 해야 할지, 시대에 뒤처지고 싶지 않아하는 타입이라서, 요즘엔 스마트폰에 강한 흥미를 보입니다. 그러나 실제로는 폴더폰 조작도 제대로 다 못합니다. 그런 아버지가 이런 대리점에선 어떻게 될까 싶어 울고 싶어집니다. 자존심이 강한 분이라 이해하지 못하는 점에 대해서도 이해한 척하겠죠. 아니, 나 역시 뻔뻔하게 "모르겠다"고 거듭 말했지만, 그럼에도 불구하고 정보 격차에 짓눌려 결국엔 이해한 '척'을 해야 했습니다.

그렇다면 혹시 결코 적지 않은 고령자들이 부당하게 비싼 통신비를 지불하고 있는 건 아닐까요?

게다가 말이죠, 끔찍할 만치 너덜너덜해진 몸을 겨우겨우 가누며 집에 가는데, 방금 설정한 메일 주소로 자꾸만 메일이 들어옵니다. 뭔가 싶어 켜보니 모두 통신사가 보낸 문자입니다. 뭐뭐라는 서비스 통지, 이득이라는 요금제 통지…… 아아, 그만 좀 해라, 너희들이 대체 뭘 팔고 있는지, 난 도저히 모르겠다.

게다가 며칠 후에는 두꺼운 봉투가 날아와 이 새로운 서비스를 받지 않으면 계약한 뭐뭐라는 요금제가 비싸진다, 그런 내용이 쓰여 있었습니다. 그 몇 주 후에는 또 전화가 걸려와 "신규 계약 고객님에 한해 매우 저렴한 요금제를 안내하고 있습니다"라는 말을 합니다.

저기…… 혹시 휴대전화 계약이 통신사 세일즈를 위한 도구인가요? 메일 주소와 전화번호도 알려졌겠다…… 일반적인 회사라면 세일즈를 위해 고객 정보를 알아내는 것부터 시작해야 합니다만, 휴대전화 회사는 압도적으로 유리하다, 그런 건가요?

저기요, 끈질긴 것 같기는 하지만, 고령자들 말이에요, 이런 세일즈에 일일이 걸려들지 않을까요? 아니, 필요한 서비스라면 받는 게 좋겠지요, 물론. 하지만……

난 이제 무섭습니다. 이건 뭐 '이득'이라는 이름의 요괴가 날뛰는, 의심할 여지 없는 정글입니다. 앞으로 이 험난한 정글 속에서, 잘못해서 개미지옥에 빠져 죽지 않도록, 홀로 조심스레 살아가야 합니다.

'성과주의'란 이런 건가요

그렇게 느끼는 사람이 꼭 나 혼자만은 아닌가봅니다.

근처 목욕탕에서 단골 아주머니가 "오랜만이네" 하고 말을 겁니다. 돌아보니 정말 오랜만이었습니다.

장폐색으로 구급차에 실려 가 한 달이나 입원을 했다고 합니다. 코로 튜브를 넣는 치료가 너무나 아팠고, 두 번 다시 그런 경험은 하고 싶지 않다고도 했습니다. 가족이 없어서, 구급차로 실려 간 후 아픈 것을 참아가며 집에 돌아가 혼자 입원 준비를 했다고 합니다. "얼마나 힘들었는지. 가족이 없으면 정말 서럽다." 진짜 리얼하거든요, 그 현실이. 진심으로 남 일이 아닙니다. 건강해져서 정말 다행이에요!! 과장되게 그렇게 축하해주었습니다.

파이팅, 혼자 사는 아주머님. 나도 조금 있으면 같은 길을 걷는답니다. 내 일처럼 마음으로부터 응원하고 싶어집니다.

그럼 이제 본론으로 들어가죠. 우연한 계기로 아주머니와의 대화가 "요즘 세상은 정말 못 쫓아가겠다니까" 하는 이야기로 넘어갑니다. 이런저런 곳에서 이런저런 말을 하는데, 도통 모르겠다고요. "마이 넘버*인가 하는 것도 말이야." 그러고 보니 어제, 원고를 쓰러 갔던 시모기타자와 카페에서도 누군가가 마이 넘버에 대해 물었었지. 일방적으로 보내오니까 분명 모를 테지요. 나도 솔직히 잘 모르겠거든요……

"그래서 말이야, 난 모르는 건 직접 물어보러 가잖아. 구청이 보내면 구청에 가고." 아주머니, 대단하십니다! 훌륭하십니다! 그렇게 해야죠. 앞으로 저도 배울게요! 하지만 그렇게 하지 못하는 사람들도 얼마나 많을지 생각하면 암담한 기분이 듭니다. 치매에 걸렸다거나, 몸이 불편하다거나, 그러면 바로 알 수 없는 일들이 나날이 늘어나 불안의 심연에 빠지게 됩니다.

* 2016년 1월 이후 실시된 제도. 주민번호와 같은 일종의 아이디 넘버.

다시 부모님 생각이 납니다.

노부부 둘이서 사는 부모님 집에는 온갖 전단지와 우편물이 매일 도착하고 그 대부분에 이득이라느니, 급한 연락이라느니, 기회라느니, 중요하다느니 하는 말들이 도배되어 있습니다. 언제 가보아도 부모님은 그것들을 다 모아 아주 소중하게 보관하고 있습니다.

마이 넘버도 그중 하나입니다. 정말 중요한 게 무엇인지, 주의해야 할 점은 무엇인지, 그런 정보는 맨 앞에 아주 조금 쓰여 있고, 대부분의 공간에 "마이 넘버 카드를 만들면 이렇게 편리합니다!!"라고 떠들어대고 있습니다.

이걸 받아보았을 노인네들의 불안을 알기나 하나요, 공무원 여러분. 혹시 카드를 많이 만들게 하면 진급할 때 유리하다든가, 그런 생각을 하는 건 아니겠지요?

'성과주의'란 이런 건가요? 공무원 여러분, 그리고 회사원 여러분.

뭘까요, 이 회사 사회는.

멀지 않은 내 노후를 생각하면 이건 남의 일이 아닙니다. 급증하는 고령자들을, 물건이 팔리지 않는 이 시대에 장사하기 좋은 호구로 보는 건 아닐까? 관공서는 물론이고 온갖 세일즈 토크가 고령자를 둘러싸고 있습니다. 그걸 제대로 정리할 수 있는 사람이 과연 몇이나 될까요?

사람을 속이려면 우선 불안하게 해야 합니다. 그렇지 않아도 나이가 든다는 건 불안으로 가득한 일입니다. 그렇게 생각하니 어쩌면 고령자가 사회가 '성장'하기 위한 호구가 되고 있는 건 아닐까 싶습니다.

보이스피싱 사기와 그렇지 않은 '정당한' 장사의 차이가 대체 어디 있을까요?

지금 이 사회, 아니, 이 회사 사회에서 엉망인 게 도시바나 미쓰비시 자동차뿐일까요? 돌이켜보면 식품표시 위장 사건도 있었군요. 초일류 호텔과 백화점도 다들 아무렇지 않게 거짓말을 했었습니다. 회사 이익을 위해서라면 뭐든 상관없다는 게 작금의 기준인가요?

나도 악덕이었다

이렇게 불같이 사회 비판(회사 비판)을 하는 기세등등한 나이지만, 어느 날 엄청난 사실을 깨닫습니다. 자기 이익을 위해 약한 자를 먹잇감으로 삼는 회사…… 나 역시 분명, 그 속에 있었습니다.

그걸 깨달은 것은, 퇴직 후 사랑하는 아사히신문사로부터 원고 집필 의뢰를 받은 게 계기였습니다.

원고료가…… 싸도 싸도 너무 쌉니다!

한 의뢰는 2500자 이상에 1만 5000엔. 다른 의뢰는 1만 자 이상에 5만 엔.

물론 능력에 따라 다르겠지만 내겐 둘 다 상당한 양입니다. 2500자를 쓰려면 생각 정리 시간을 별도로 해도 최소한 며칠, 길면 일주일은 걸립니다. 게다가 1만 자 이상이면 도저히 일주일 내로는 쓸 수 없습니다.

결국 2500자는 거절하고 1만 자는 예상 이상으로 난항을 거듭하면서 2주 내내 고민하다가, 때로는 꿈에서까지 괴로워하다가, 어떻게든 써서 보냈습니다.

글을 쓰는 일이 힘든 점은 원고료가 싸다고 적당히 할 수 없다는 것입니다. 시급으로 환산해보니 정신이 아득해질 것 같습니다. 대학교수나 잡지사 편집장이나 회사 사장처럼 제대로 된 생업을 가진 사람이면 괜찮을지도 모르죠. 원고료는 약간의 용돈일 테니까요.

하지만 글을 써서 먹고사는 사람은, 이걸로 도저히 먹고살 수 없습니다.

다시 생각하게 되었습니다. 대체 이 금액은 어떤 계산을 통해 나온 숫자일까 하고.

일찍이 저도 외부 필자에게 원고를 의뢰하던 몸입니다. 역시 비슷한 금액에, 싫으면 말고, 다른 사람한테 부탁하면 되니까, 아사히에 글을 싣는 것만으로 감사하시지요, 라는 태도로 일을 맡겼었습니다. 따라서 이 숫자의 이유를 내 나름 잘 이해하고 있다고 믿었습니다.

예산이 없는 겁니다. 잡지도 신문도 안 팔리는 시대니까요. 그래서 쓸데없는 경비는 가급적 삭감합니다. 회사원인 편집장은 주어진 예산 안에서 어떻게든 조금이라도 재미있는 것, 좋은 것을 만들어야 합니다. 그것이야말로 실력을 보여줄 기회니까요.

나 역시 얼마 전까지만 해도 100퍼센트 그렇게 생각했습니다.

그러나 회사를 떠나보니, 정말이지 멋대로 구는 것처럼 보일 테지만, 완전히 다른 세계가 보입니다.

돈이 없다지만 정말 그럴까요? 아니, 아닐걸요? 외부 필자에게 지불할 돈은 없어도, 있는 곳에는 돈이 있습니다. 바로 사원들의 월급입니다. 혹은 사원들이 쓰는 경비입니다. 게다가 아사히신문의 경우, 그 금액은 요즘 세상에서는 턱없이 높습니다.

이런 '기득권'에 찌든 사람들이 그 생업인 업무가 잘 안 되어간다고 해서, 경비 삭감을 한답시고, 외부 인간을 휴지 조각이나 다름없는 금액으로 일을 시키려고 듭니다.

나도 이제껏 해왔던 짓입니다. "악덕 기업이 날뛰고 있다"고 비판해온 회사가, 그리고 그곳의 사원이었던 내 자신이, 사실은 악덕이었던 것입니다.

약한 타인을 먹잇감으로 삼아 나만 살아남으면 된다는 식으로 살아온.

사람도 쓰다 버리는 회사 사회

평범한 회사원이라고 생각하지만 실은 타인을 먹잇감으로 삼는, 그런 세상에 모두가 휘말리고 있습니다.

왜 이렇게 되었을까요?

일찍이 경제가 성장하던 시대의 회사는 밝은 희망의 별이었습니다. 물건은 만드는 족족 팔리고, 회사도 점점 커지고, 월급도 늘고, 그렇게 되면 사원들이 물건을 더 사게 되니 또 물건이 더욱 더 팔리고…… 이런 식으로 모두가 성장의 과실을 나누어 먹을 수 있었습니다.

회사가 잘되면 모두에게 좋다, 그런 시대였던 것입니다. 그러니 의료부터 연금까지, 성장을 지속하는 회사에 기대면 안심이라며 국가조차도 회사에 기대게 되었습니다.

이렇게 해서 '회사 사회'가 완성되었을 것입니다.

그리고 그런 시대의 부활을 목표로 삼은 것이 아베노믹스입니다. 우선 회사를 튼튼하게 만들자. 그러기 위해 회사가 지불해야 할 세금을 줄이고, 엔저정책을 통해 회사가 수출하기 편하게 하자. 그렇게 회사가 이익을 창출할 수 있게 되면, 사원 월급도 늘고, 모두가 물건을 많이 살 것이다. 회사는 더욱 활기를 띨 것이고 경제는 잘 돌아갈 것이고……

나 역시 그렇게 됐으면 좋겠습니다. 하지만 문제는 아무리 생각해도 그렇게 될 것 같지 않다는 것입니다.

우선 무엇보다 지금은 물건이 팔리지 않습니다. 개개의 회사나 제품 문제가 아니라, 사회 구조가 이미 그렇게 되어버렸기 때문입니다. 모두들 이미 지나치게 많은 물건을 갖고 있습니다. 이게 갖고 싶다, 저게 갖고 싶다, 그렇게 사들인 것들로 이미 집 안은 포화상태입니다. 좀 더 넓은 집으로 이사하면 되겠지만, 그만큼 여유 있는 사람이 얼마나 되겠으며, 또 그런 식으로 살다가는 한도 끝도 없다는 사실을 다들 깨닫기 시작했습니다.

"물건을 손에 넣으면 풍요로워진다"는 발상은 급속도로 과거의 산물이 되어가고 있습니다.

그러나 그러면 '회사'가 곤경에 처합니다.

회사는 이익을 창출해야 살아남을 수 있습니다. 하지만 물건이 팔리지 않습니다. 그런 와중에 이익을 내려면 방법은 두 가지뿐입니다.

첫째, 일하는 사람을 싸게 쓰고 버릴 것.

둘째, 고객을 속일 것.

다시 말해 비정규직 사원과 외부 노동력을 아주 싸게 영입하거나, 과잉 협박조 문구와 사기 테크닉을 구사하여 불필요한 것들을 필요한 것처럼 믿게 해 사게 하거나.

다시 말해, 회사가 살아남으려고 애쓰면 애쓸수록 불행해지는 사람들이 늘어납니다. 우리는 바로 그런 시대에 돌입한 것입니다.

한마디로 회사는 이제 막다른 골목에 다다른 것입니다.

그리고 그것이야말로 우리 사회가 막다른 골목에 이르게 된 이유가 아닐까요?

왜냐하면 우리 사회는 '회사 사회'이니까요.

회사 사회에 말려들지 마라!

그럼 어떻게 해야 할까.

물론 해답은 간단하지 않습니다. 하지만 하나만큼은 분명합니다. 이대로 아무 생각 없이 회사 사회에 휘말린다면, 당신에게 밝은 미래가 찾아올 확률이 매우 낮다는 것입니다.

무슨 말인고 하니, 우리 모두 다 자립하자는 말입니다.

자, 그럼 다시 여기서, 자립이란 무엇인가.

지금까지 우리가 자립해본 적이 있을까요? 어쩌면 우리는 지금, 제2차세계대전 이후 처음으로 '자립'해야만 하는 상황에 부닷혔는지도 모릅니다. 요즘 자주 그런 생각을 합니다.

조금 더 자세히 설명하죠.

일본은 전쟁에 패했습니다. 아무것도 남지 않은 허허벌판에서 출발한 국민들은 한마음으로 경이적인 경제성장을 이룩하고 세계대국이 되었습니다.

이 시점에서 일본인들은 다들 훌륭히 '자립'했다고 근거 없이 믿었을 것입니다.

하지만 정말 그럴까요?

분명 경제는 성장했고, 국민들은 집과 자동차와 편리한 것들을 누릴 수 있었습니다. 그러나 그게 자립이었을까요?

풍요는 의존을 낳습니다. 인구의 폭발적 증가와 더불어 모두가 평등하게 성장의 과실을 나눠 가질 수 있었던 시대가 지속된 결과, 줄만 잘 서면 된다는 사고회로가 생겨버렸습니다. 깔려 있는 레일 위를 앞뒤 없이 달리는 것이야말로 중요했습니다.

그러는 사이, 큰 회사에 매달려 이익을 나눠 가지는 것이 점차 기득권이 되었습니다.

이걸 자립이라고 할 수 있을까요?

소비행동도 마찬가지입니다. 경제성장의 별명은 '대량생산, 대량소비'. 성장하는 회사에서 일하고, 거기서 얻은 돈으로 소비합니다. 모두가 성장할 수 있던 시대에는 그것만으로도 충분히 경제가 돌아갔습니다.

하지만 사람이 살아가는 데 필요한 것들은 결국 한계가 있습니다. 모두가 필요한 것들을 손에 넣고 난 후에는 어떻게 필요한 것들을 '만들어낼' 것인가 하는 점이 승패를 가르게 됩니다. 바꿔 말하면 '필요하지 않은 것을 필요하게' 만들어가는 것입니다. '있으면 편리하다'는, 그것 말입니다. '있으면 편리한' 것들은 의외로 쉽게 '없으면 불편한' 게 되어버립니다. 그 결과, 경제성장에 휘말린 사람들은 점점 물건에 의존하지 않고는 살 수 없게 됩니다.

결국 경제성장은 우리의 자립이 아니라 의존을 낳아버린 게 아닐까요?

그리고 지금은 '있으면 편리한' 것들을 생산하는 일조차 한계에 다다랐습니다. 물건을 사려 들지 않는 사람들에게까지 물건을 팔아야만 합니다. 거기서 펼쳐지는 행위가, 불법과 구분하기 힘든 아슬아슬한 상행위입니다.

'있으면 편리하다'는 구호는 '없으면 불행한' 영역에 돌입했습니다. 고객을 현혹시키고 혼란시키는 세일즈 토크가 횡행하고, 선전 문구를 보면 거의 협박과 사기에 가까운 선동뿐입니다. 그런데 그렇게 해도 물건이 팔리지 않습니다. 그런 와중에 회사들은 살아남기 위해 법률에 저촉되는 행위에도 손을 대기 시작했습니다.

식품표시 위장이나 도시바의 불법 회계 문제, 미쓰비시 자동차의 연비 조작, 스키야의 가혹한 노동 환경은 물론, 코코이치의 폐기식품 유통, 법령 위반을 되풀이하면서 운행하던 심야버스 사고 등은 더 이상 한 회사의 문제만은 아닐 것입니다.

정도의 차이야 있겠지만 누구나, 벼랑 끝 위험한 곳에 서서 필사적으로 '회사원'인 자신을 지키려고 애써왔습니다.

그러나 그렇게 해서까지 억지로 끌고 왔던 성장이 멈추고, 평등하게 나눠 가졌던 열매가 사라지고, 이제 성장의 대가인 부담만이 눈앞에 펼쳐졌습니다.

그 현실 앞에서, 의존에 찌든 많은 사람들이 멍하니 입을 벌리고 있습니다.

이제 우리는 어떻게 해야 하는가?

지금 필요한 것은 분명 의존으로부터의 탈출입니다.

누군가가 무엇을 주기를 기다리는 게 아니라, 자신의 두 발로 무언가를 찾아나서는 방법을 스스로 생각해내야 합니다.

그 힘이 과연 우리에게 있을까요?

지금 우리는 그런 질문에 직면해 있습니다.

하지만 그건 정말이지 두려운 일입니다. 당연합니다. 반세기 이상 그 누구도 이루지 못한 대모험을 해야 하니까요.

그렇기 때문에 "걱정 말아요. 기대도 된다니까요. 내가 어떻게든 해줄 테니까"라고 말하는 사람에게 인기가 모이는 것이겠지요. 그래서 다들 아베노믹스를 좋아하는 겁니다. 공허한 구호에 지나지 않더라도, 자립하라고 등 떠미는 것보다는 나으니까. 각료들이 문제 발언을 하든, 돈 문제로 사임을 하든, 지지율은 흔들리지 않습니다. 그리고 그 대신 ××은 추진해야겠습니다, 라는 말에도 눈을 감은 채 따라갑니다.

안보법안이나 원자력발전소 재가동으로 '아베 정치로부터의 탈피'를 외치는 사람들이 있기는 하지만, 그 호소가 제대로 침투하지 않는 까닭은, 그러한 정치 세력을 만들어내는 것이 의존에서 빠져나오지 못하는 우리 자신이어서가 아닐까요?

"We are not ABE"가 아니라 "We are ABE."*

이를 직시하는 데에서 출발하자는 게 제 생각입니다.

회사란 무엇인가

그럼 다시, 회사로부터 자립한다는 것은 무엇인가. 곰곰이 생각해보면 회사란 실체가 있는 것 같으면서도 없습니다.

굳이 말하자면 사원 집합체이며, 운명 공동체이며, 상조 시스템이겠지요. 그러니까 다시 말해 회사를 만드는 것은 회사원의 마음인 것입니다.

회사원으로 28년간 어떻게든 견뎠던 사람으로서 돌이켜보면, 사원이 열심히 일하는 원동력은 '돈'과 '인사'입니다.

뭐, 너무 노골적이긴 하지만 이게 큰 에너지를 쏟게 만드는 건 틀림없습니다.

---

* 뉴스 스테이션이라는 프로그램에서 관료 출신인 고가 시게아키가 ISIL에 인질로 잡힌 고토 겐지를 구하기 위해 "I am not ABE"라는 플래카드를 들겠다고 코멘트했다. 아베 수상이 중동 방문 과정에서 이슬람국을 자극했다고 비판하는 맥락에서 한 말이다. 그 후 인질들이 사망하자 추도회에서 사람들이 "We are Kenjis, not ABE"라는 플래카드를 들었다.

더 노골적으로 말하자면 '다른 사람보다 높은 지위에 오르고 싶다' '좀 더 많은 돈을 받고 싶다'는 것이겠죠. 이 두 가지는 물론 연결되어 있어서 지위가 올라가면 월급도 올라갑니다.

그야 사원의 원동력이 그것뿐만은 아닙니다. 자기 일이 다른 사람에게 도움이 된다, 다른 사람을 기쁘게 한다는 것도 사원의 마음을 움직입니다.

일찍이 경제가 성장을 지속하던 시절, 이런 동기들이 균형 있게 사원들을 움직였을 것입니다. 나 역시 거품경제 때 입사했기 때문에, 당시의 밝은 분위기를 몸으로 체감했습니다. 회사 실적은 순조로웠고, 우리가 하는 일이 세상의 지지를 받고 있다고 믿을 수 있었습니다. 그래서 매일 하는 일이 실패와 고생의 연속이었어도, 본질적으로는 즐거웠습니다. 누구나 그럭저럭 지위가 올랐고 월급도 올라갔기 때문에, 사원들의 정신이 질투와 불우함의 지배를 받는 일도 없었습니다.

그러나 경제성장이 멈추고 물건이 팔리지 않게 되자, 가장 중요한 '자기가 하는 일이 다른 사람에게 도움이 된다'는 의미를 상실하게 됩니다. 사원들을 움직이는 동기로는 돈과 인사만 남게 되었습니다.

다른 사람보다 자기가 더 뛰어나다고 믿고 싶은 마음.

조금이라도 풍요한 생활을 하고 싶다는 마음. 지금의 생활수준을 낮추고 싶지 않다는 마음.

그건 사람이면 누구나 본질적으로 갖고 있는 나약함이며 욕망입니다.

약점이 잡히면 사람들은 쉽게 통제당합니다. 회사의 이익이라는 대의명분이 있으면 무엇이든 해치우는 사람이 적지 않게 존재하는 것은 그 때문이 아닐까요? 그것이 습관이 되면, 더 이상 죄의식조차 느끼지 못하게 됩니다. 회사 그 자체가 나약함과 욕망의 집합체가 되고, 회사의 존재의의가 오로지 사원 개개인일 때, 최종적으로 남는 것은 사원들끼리의 약육강식 같은 경쟁뿐입니다. 그런 것을 악덕 기업이라고 한다면, 지금 우리 사회는 어떤 회사든 악덕의 자질을 갖고 있는 게 아닐까요.

그리고 사회가 회사 사회라면 이미 나라 자체가 악덕의 길을 걷고 있는 건지도 모릅니다.

아무도 행복해지지 않는 목표를 향해 무조건 내달리는 상조회 시스템. 절망적인 것은 아무도 나쁘지 않다는 점입니다. 어딘가에 악인이나 적이 존재하는 게 아닙니다. 악덕 사회를 만들고 있는 것은, 한 사람 한 사람이 조금씩 지니고 있는 죄 없는 욕망이고, 이 괴로운 상황에서 어떻게든 살아남으려는 노력입니다. 마치 허우적거리면 허우적거릴수록 죄어오는 덫과 같습니다.

그곳에 과연 출구가 있을까요?

회사 의존도를 낮춘다

경제성장이 모든 것을 해결해준다, 그것이 출구다, 누군가는 그렇게 말하며 애쓰고 있습니다. 하지만 나는 도저히 그곳에서 희망을 발견하지 못하겠습니다. 우리가 악덕의 길에 빠지게 된 것은 물건이 팔리지 않게 되었기 때문입니다. 그래서 경제가 성장하지 못하기 때문입니다. 그럼에도 회사가 성장하려고 분발하기 때문에 악덕이 시작되는 것입니다. 뭔가 얽히고설킨 느낌입니다. 출구는 여전히 보이지 않습니다. 성장에 구애받는 한, 덫은 죄어올 뿐이겠지요.

경제성장을 기다리다보면 언젠가 다시 행복의 사이클이 돌아올지도 모릅니다. 하지만 그때가 '언제'인지는 아무도 모릅니다. 언제 올지 모를 것에 '자기 인생의 행복'이라는, 한 번 지나가면 돌이킬 수 없는 것을 건다는 건 너무나 위험부담이 큰 일이 아닌가요?

내 제안은 아주 작은 것이라도 좋으니 자기 안에 있는 '회사 의존도'를 낮추라는 것입니다. 요약하자면 '돈'과 '인사'에 연연하지 말자는 것이죠.

예를 들어 월급이야 저마다 다르지만, 많이 받는 사람도, 적게 받는 사람도 가능한 한 그 월급에 전면적으로 의존하지 않는 것입니다.

부업을 하라는 게 아닙니다. 생활을 점검하고, 자기에게 정말 필요한 것들을 다시 돌아보자는 뜻입니다. 돈 들이지 않는 즐거움을 찾아보자는 뜻입니다. 그렇게 약간이라도 지출을 줄일 수 있다면, 쓰지 않고 남는 돈이 조금씩이나마 쌓여갈 것입니다. 그것만으로도 회사에 대한 '자세'가 달라지지 않을까요?

그리고 회사에서 일하는 것 말고 무엇이든 좋으니 좋아하는 일을 찾아봅시다. 같은 취미를 가진 사람들을 만듭시다. 그것만으로도 우리의 가치관이 회사에 의해 좀먹는 비율이 줄어들지 않을까요? 회사에서 지위가 높은 사람이라고 시 읽는 모임에서도 존경을 받는가 하면, 그렇지가 않습니다. 그렇게 생각하면 믿을 수 없는 인사이동에 총 맞은 것 같은 충격을 받더라도 마음을 다잡을 수 있지 않을까요? 상황을 바라보는 시각과 사고방식이 복안적이 되면, 마음에도 여유가 생길 터. 회사의 명령이라고 해도 반사회적인 행위라면 맹목적으로 따르지 않게 될 것입니다. 만약 따르지 않을 수 없다 하더라도, 적어도 제정신으로 견딜 수는 있습니다.

그리고 무엇보다 강조하고 싶은 것은, 그렇게 회사에 의존하지 않는 자신을 만들어낼 수 있다면, 분명 일 본연의 기쁨이 되살아날 것이라는 점입니다.

일이란 원래, 사람을 만족시키고 기쁘게 할 수 있는 훌륭한 행위입니다. 사람들이 어떻게 하면 기뻐할지 고민하는 것은, 무엇보다 창조적이고 가슴 뛰는 행위입니다. 그건 돈이나 자기 이익만을 위해서는 결코 할 수 없는 일입니다. 돈을 벌기만 하면 뭐든 해도 좋다는 것은 일이 아니라 사기입니다. 장기적인 눈으로 봤을 때 결코 회사를 위한 게 못 됩니다.

그런 기쁜 사람이 아주 조금씩이라도 늘어난다면, 실체 없는

'회사'라는 괴물이, 사람들의 행복을 좀먹는 '회사 사회'가, 크게 달라지지 않을까요?

그 미래에는, 회사 사회가 아니라 인간 사회가 등장할 것입니다.

6.
회사 사회에서 인간 사회로

자유로운 웃음

그리고 정신을 차려보니 회사를 그만두고 딱 한 달이 되었습니다.

자그마한 계기로 인생의 기어 변속을 결의한 것이 12년 전. 결국 왔구나, 그리고 여기까지 잘도 왔구나, 나 스스로 놀랍기도 하고 어이없기도 합니다……

뒤돌아보면 대학생 때엔 어떻게든 동경하는 회사에 들어가고 싶어 글쓰기 연습이니 시사 공부니 정말이지 필사적이었습니다. 그렇게 겨우 들어간 회사를, 설마 이렇게 도중에 그만둘 줄은…… 아아, 이걸 그 당시의 내가 안다면 어떤 마음일까요? 정말 인생이란 무슨 일이 일어날지 알 수 없는 거군요.

나를 둘러싼 환경이 완전히 바뀌었습니다. 사택도, 수입도, 나날이 다니던 곳도, 동료들도, 쏟아져 들어오던 메일도 싹 다 없어졌습니다. 그야말로 끈 떨어진 연 신세! (웃음) 웃을 때가 아닌가요? (웃음) 저축한 돈이 줄어들어갈 뿐입니다. (웃음)

……아, 죄송합니다. 하지만 정말 웃음이 나오고 마는지라.

음, 왜일까요?

그건 아마도 내가 자유롭기 때문일 것입니다.

불안하고, 고독하고, 그러나 그걸 어떻게든 견뎌낼 수 있는 나 자신이 있습니다. 그걸 칭찬해주고 싶습니다.

그리고 그건 회사 덕분이기도 합니다. 회사에 휘둘리고 울고 웃고 싸워왔기에 비로소 지금의 내가 있다는 건 틀림없는 사실입니다.

회사를 그만두고 보니, 내가 할 수 있는 것들과 할 수 없는 것들이 확연히 드러납니다.

회사에서 일하고 있으면 그것만으로도 실은 상당한 키높이 신발을 신은 거나 다름없습니다. 회사의 권세와 온정의 힘이란 참으로 무시할 수 없는 부분이 있습니다. 그런 점도 실제로 그만두지 않으면 알 수 없는 것이더군요. "난 이런 것까지 회사에 의존했었구나!"라는 충격에 충격을 헤쳐온 지금, 내게는 회사가 없어도 할 수 있는 것들이 있다는 것 또한 알게 되었습니다.

① 낡고 좁은 집에서도 편하다

월급이 없어지고 집세 보조금도 없어져, 예전 같은 집에는 당연히 살 수 없으니 싸고 좁은 집을 찾아 이사를 했습니다. 건축년도가 45년 전, 33제곱미터. 입사해서 처음 혼자 살기 시작한 다카마쓰 맨션 같은 느낌입니다.

벽은 얼룩덜룩하고 공동현관 자동문도 없고 옆집 소음도 믿을 수 없을 만큼 잘 들립니다. (웃음) 벽은 베니어합판이고, 냉장고도 세탁기도 수납 공간도 없는 작은 방입니다만, 오층짜리 집 꼭대기라서 전망 좋고 볕이 잘 드는 게 마음에 들어 빌렸습니다.

여하튼 좁아서 옷이니 구두니 책이니 그 외 모든 것들을 사람들에게 다 나눠주고, 얼른 나가라며 회사가 엉덩이를 툭툭 두드

리기에 거의 빈 몸뚱이로 굴러들어왔습니다.

솔직히, 인생에서 '스텝 업'이 아닌 '스텝 다운'은 처음입니다. 내가 견딜 수 있을지 내심 불안했습니다. 이사 비용은 2만 5000엔, 짐이 적어서 정말 좋네요 하고 이삿짐센터 직원이 칭찬해준 게 유일한 마음의 위안이었습니다.

하지만 말이죠, 전 아주 말짱합니다! 전혀 비참하지도 않고요. 아니 오히려, 아주 마음이 편안합니다. 난 어차피 이런 사람이었던 겁니다. 어렸을 땐 더 낡고 기운 집에서도 오래 살았어, 그 무렵에도 그 나름 아주 즐겁게 살았지, 새삼 옛일을 떠올리기도 합니다. 방이 좁고 물건도 없어서 청소든 정리정돈이든 정말이지 편합니다. 그래서 혼자 살게 된 이후 최고로 정리정돈이 잘된 방에서 살고 있습니다. 이런 식이라면, 다음번에 더 낡고 좁은 집으로 옮기더라도 즐겁게 살 수 있는 스킬이 몸에 밸 것이라 생각합니다. 꿈이 점점 부풀어갑니다. 도쿄에서는 뭐니 뭐니 해도 집세가 부담스러우니까요.

② 돈이 없어도 거뜬하다

이전 항목과도 연관이 있습니다만, 정기 수입이 없는 생활이라 불안해진 나머지 다시 지출 계산을 해보니, 나는 예상 이상의 적은 금액으로도 만족할 수 있는 인간임을 알 수 있었습니다.

우선 '먹고사는' 것이 제일 중요하므로 식비를 계산해봤는데 하루에 600엔이면 충분합니다. (웃음) 잘 생각해보니 나는 집밥을 먹는 게 제일 행복합니다. 워낙 요리를 좋아하기도 하고, 스스로 만들면 먹고 싶은 걸 먹을 수 있습니다. 회사를 그만두었으니 출근도 잔업도 없어 그런 행복한 집밥을 얼마든지 먹을 수 있습니다. 그러면 밥 값은 참 저렴해집니다. 저녁 반주용으로 최고급 정종 값(하루 한 홉)을 계산에 넣어도 이 가격입니다. 때때로 외식을 하기도 합니다만, 이 나이가 되면 스테이크니 초밥이니 그런 고급음식이 그렇게 당기지 않습니다. 기본적으로는 조촐한 밥상이면 충분하고, 아니 그 편이 더 만족스럽습니다. 줄 서서 기다리는 근처 싸고 맛있는 선술집에, 막 개점한 오후 4시부터 자리를 차지할 수 있는 것도 무직만의 특권입니다!

옷도 거의 사지 않습니다. 무엇보다 집에 옷장이 없으니 사봐야 넣을 곳도 없습니다. 나는 지금 『프랑스인은 10벌밖에 옷이 없다』는 그 책의 바로 그 프랑스인입니다.

③ 생활을 정돈할 수 있다

무직이 되고 보니 요리, 청소, 빨래를 할 수 있다는 강점이 크게 다가왔습니다. 전자제품은 거의 없지만, 아무렇지 않게 손으로 다 처리합니다. 다시 말해, 타인과 기업과 돈에 의존하지 않더라도 나 스스로 내 주변의 일들은 쾌적하게 처리할 수 있습니다. 인생은 쾌적하면 되는 게 아닐까요? 인생에 더 바랄 게 있을까요? 그렇게 생각하니 무서울 게 없습니다.

④ 이웃과의 교류, 부끄러움이 많은 나도 가능!

회사를 그만두면 동료들이 없어지므로 고독해질 위험성이 있습니다. 하지만 사람은 역시 혼자서는 살 수 없습니다. 무엇보다 혼자서는 즐겁지가 않습니다. 그래서 제 힘으로 조금씩 인간관계를 넓힐 필요가 있는데, 부끄럼이 많은 저도 꽤 잘한다는 걸 알 수 있었습니다!

아주 사소하긴 하지만, 우선 인사부터 시작합니다. 조금만 용기 내어, 자주 가는 근처 편의점에서는 가게에 들어선 순간 점장 할아버지에게 살갑게 "안녕하세요" 하고 인사합니다. 근처 목욕탕에서도 탈의실이나 탕에 들어갈 때면 가령 못 보던 사람이라도 "안녕하세요" 하고 큰 소리를 내려고 합니다. 그러면 처음엔 수상쩍게 보던 단골 할머니들이 조금씩 말을 걸어오게 됩니다. 요즘엔 "아프로짱"이라고 불리고 있답니다. (웃음) 50이 넘어도 사람은 이런 도전을 할 수 있습니다.

그것도 무직이 되지 않았다면 해보려고 하지 않았을 테지요.

언젠가 이렇게 친구라 부를 수 있는 사람들이 조금씩 늘어났으면 좋겠습니다. 그것 역시 그냥 꿈만은 아닐 것 같습니다.

⑤ 싫은 사람과 억지로 사귈 필요도 없고!

이런 생활을 하다보니 저절로 건강해집니다. 싫은 사람과 억지로 사귈 필요도 없고, 소심한 상사에게 혼나줄 필요도 없어서 스트레스 제로!! 아니, 너무 과장인가요, 스트레스는 있습니다. 나 자신에 대한 스트레스. 내 무력함, 부족함은 평생 따라붙는 것이고, 이건 어딜 가든, 살아 있는 한 도망칠 수 없습니다. 그것 역시 회사를 그만두고 뼈저리게 느낀 점입니다.

그렇지만 그것은 스스로 해결할 수 있는 스트레스입니다. 그렇게 생각하면 역시 기분이 훨씬 상쾌해집니다. 그러니 폭음 폭식과도 일체 무관합니다. 술은 혼자 마시든 같이 마시든 늘 유쾌

합니다. 그래서 여담입니다만, 실은 회사를 그만두기 직전에 받으려던 건강검진도 취소해버렸습니다.

회사로부터 비용 지원을 받아 싸게 건강검진을 받을 수 있다면서 불규칙한 생활을 못 본 척, 정기적으로 수리할 곳을 발견하고는 여기저기 통원치료를 받으러 다니는 게 평범한 회사원들 생활입니다만, 좀 이상하잖아요? 이것 역시 회사끼리의 상조 시스템이 아닐까 합니다. 돈을 벌기 위해 회사가 사원들에게 정신적 육체적으로 부담을 주고, 그 결과 이상이 생긴 사원이 정기적으로 검사를 받고, 병을 발견하고, 통원치료로 돈을 지불합니다…… 마치 병자를 만들어 돈이 돌아가게 하는 영구 운동 같습니다.

그래서 모처럼 회사를 그만두었으니 이제 난 그런 사이클에서 벗어나기로 했습니다. 그만큼 평소에 몸을 소중히 다룰 생각입니다. 다행히 시간이 남아돌아 충분한 여유가 있으니까요!

생각지 못한 병마에 시달릴지도 모르지만 그건 운명이니 어쩔 수 없습니다. 만약 그렇게 되면 어디까지 어떻게 치료할지, 그리고 어떻게 죽음을 맞이할지, 회사를 그만두면 그런 것들과도 마주해야 합니다.

하지만 이건 좋은 일이 아닐까요? 자기 목숨과 건강을 무언가에 다 맡겨버리지 않는 겁니다. 나는 지금, 내 죽음의 방식에 대해 이런저런 고민을 하고 있습니다. 즐겁다면 어폐가 있겠지만, 그렇다고 슬프거나 암울하지도 않습니다. 이걸 정해두면, 인생도 정해질 것 같은 기분입니다.

……이렇게, 회사를 그만두고도 내가 할 수 있는 일들이 참 많습니다!

요약하자면 40세를 앞두고 결의한 '돈이 없어도 행복한 라이프스타일의 확립'이 나름 잘되어가고 있는 겁니다!! 뭐든 도전해볼 만한 가치가 있나봅니다.

그러나 물론 이것으로 끝이 아닙니다. 내게는 '할 수 없는 일' '잘 못하는 일'도 분명히 있다는 것 또한 판명되었습니다.

⑥ 돈을 번다

이런, 결국 여기에 봉착하는군요! 이 능력만큼은 예상 이상으로 없습니다! (웃음)

아니, 이렇게 웃을 일이 아닙니다. 그런데 그게, 웃을 수밖에

없을 정도로 전혀 없답니다. (웃음)

어렴풋이 알고는 있었습니다. 신문기자란 게 기자 일 말고 다른 일을 전혀 못한다는 것을요. 하지만 30년 가까이 한 가지 일을 해왔으니, 조금은 뭔가 능력 비슷한 것이 몸에 배어 있어도 되는 거 아닌가요? 글쓰기 능력이랄지 습관이랄지 분명 몸에 배어 있기는 합니다. 문제는 그게 전혀 돈이 되지 않는다는 것!

이미 썼습니다만, 원고료란 게 천문학적으로 쌉니다. 게다가 시간과 품이 지나치게 많이 듭니다. 그래서 집필을 위한 커피 값만 점점 늘어나고 원고료와 커피 값이 맞먹는 세계가 되어버립니다. 취재와 이동을 위한 돈은 온전히 제 주머니에서 나갑니다. 그렇지만 나 역시 회사원이었을 때 프리랜서들에게 그런 싼값에 일감을 주었으니 불평을 늘어놓을 입장이 결코 못 됩니다.

하지만 나야 뭐 자업자득이라고 치고, 세상의 프리랜서 작가들을 생각하면 이 '글 쓰는 일의 저렴함'에 정말이지 위기를 느낍니다. 각종 미디어 종사자 여러분들이 진지하게 고민해주었으면 좋겠습니다! 이런 식이면 점점 글 쓰는 사람이 줄어들 뿐입니다. 활자문화의 위기를 논하려면, 우선 이런 것부터 제대로 재고해 나가야 하지 않을까요?

그건 그렇고……

내 인생만을 놓고 보았을 때는, 돈 버는 능력이 낮은 게 그렇게 문제인가, 그게 뭐 어때서, 싶은 마음도 있습니다.

우선 대전제로 난 여태껏 충분할 만큼 많이 받아왔습니다. 앞으로는 받는 것이 아니라 그 행운을 사회에 어떻게 환원할 것인가를 고민해야 합니다.

게다가 나는, 돈은 집세 플러스 알파만으로도 완전히 행복하고 기분 좋게 살아갈 수 있는 인간입니다. 그렇다면 당장엔 저축을 깨면서 살아가면 어떻게든 된다는 계산이 나옵니다. 집세를 못 물게 되면 그땐 또 그때죠. 앞에서도 썼지만, 전국에 빈집 천지가 아닙니까! 도쿄에 구애받지 않는다면 집세는 더욱 줄일 수 있고, 경우에 따라서는 공짜로 살 수 있는 곳도 있을 겁니다. 그렇게 생각하니 경비와 수입의 균형이 맞으면 전혀 문제가 안 됩니다. 아니, 조금이라도 수입이 있으면 행운이죠. 일 의뢰가 들어오면 그것 또한 행운. 다시 말해 행운이 두 배. 더 이상 무얼 바랄까요?

뭐, 일만 있으면 행운이라고……?

그렇습니다. 회사를 그만둔 지금, 제일 하고 싶은 것이 무엇이냐 물으면, 그건 바로 '일'입니다.

일이란 무엇인가

아뇨, 오해하지 마시길 바랍니다. 취직을 하고 싶은 것도, 돈을 벌고 싶은 것도 아니니까요.

하지만 '일'은 하고 싶습니다. 진심으로 그렇게 생각합니다.

일이 뭘까요?

회사를 그만두기로 하고, 입사 이래로 한 번도 써본 일 없는 유급휴가를 한꺼번에 받아 꿈에 그리던 장기 해외여행이란 걸 해봤습니다! 25일간, 인도의 고급 리조트에서 마사지를 실컷 받았죠. 이런 장기 휴가는 회사원들에게는 꿈도 꾸지 못할 일입니다. 그래서 그때까지 번 돈을 큰맘 먹고 마구 쏟아부었습니다.

그런데 말이죠, 그게 생각보다 마음이 편치가 않았습니다. 유유자적이 결코 싫다는 건 아닙니다만, 왠지 그것만으로는, 억울하게도 영 '재미'가 없었습니다.

그래서 결국 무엇을 했는가 하면 인도 리조트 기행문을 열심히 쓰고, 사진을 찍고, 부지런히 페이스북에 올렸습니다. 물론 돈이 되는 건 아닙니다. 하지만 체험한 것을 글로 쓰고 다른 사람들에게 재미있게 전달하고, 그 글이 읽히고, 기쁨을 주고, 반응이 되돌아옵니다. 그게 너무나 재미있고 즐거워 잠 잘 시간을 쪼개가며 썼습니다.

모처럼 회사로부터 자유로워져서 꿈에 그리던 여행을 떠나왔는데, 왠지 회사에서 근무하던 때의 몇 배나 더 미친 듯이 글을 쓰고 있었습니다.

그래서 일이란 무엇인가 하고 다시 생각해봤습니다.

일이란 궁극적으로 말하자면, 회사에 들어가는 것도, 돈을 받는 것도 아닐 것입니다. 다른 사람을 기쁘게 하고, 다른 사람에게 도움이 되는 것. 다시 말해 다른 사람을 위해 무언가를 하는 것. 그것은 놀이와는 다릅니다. 다른 사람을 기쁘게 하기 위해서는 반드시 진지해져야 합니다. 그렇기에 일은 재미있습니다. 고생이 된다고 해서, 생각대로 되지 않는다고 해서 도망칠 수도 없습니다. 하지만 그렇기에 성취감도 느끼고, 동료도 생기고, 인간관계도 넓어집니다. 도와준 사람에게서 도움도 받습니다. 그 모든 것이, 놀이만으로는 손에 넣을 수 없는 것들입니다.

정말 일이란 멋진 것입니다. 돈을 지불해서라도 하고 싶은 심정입니다. 그렇게 생각하니 정말 하고 싶은 일들이 끊임없이 떠올라 멈출 수가 없습니다.

예를 들어 나는 밥 짓는 사람이 되고 싶습니다. 요리를 좋아하는데 독신이라서 혼자 먹을 만큼만 만들어야 하고, 나이가 들수록 입까지 짧아져서, 도저히 '만들고 싶은 욕구'가 충족되지 않습니다. 하지만 누군가를 위해 밥을 짓는 사람이라면 원하는 만큼 음식을 만들 수 있지 않겠습니까! 게다가 가게가 아니니 실력이 썩 뛰어나지 않더라도 다들 먹어줄 겁니다(그래야 할 텐데).

황당하다고요? 그게 또 그렇지가 않습니다. 정종을 좋아해서 각지 양조장에 친구가 있는데, 지금은 어디나 경영이 어려워 양조장 직원들에게 밥 지어줄 사람을 고용하지 못하는 형편이라고 합니다. 겨우내 양조장 직원들은 양조장에 갇혀 편의점 도시락을 먹고 있습니다. 사기가 오를 리 없고 더군다나 건강에도 좋을 리 없습니다!

저요, 저요, 제가 갈게요! 방 한 칸만 빌릴 수 있다면, 이 불청

객, 밥 짓는 사람이 되어, 배고픈 직원들에게 직접 만든 요리를 먹이고 그 왕성히 먹는 모습을 바라보는 꿈같은 겨울을 날 수 있습니다.

그리고 말이죠, 목수 수업도 받고 싶습니다. 지겹게 말합니다만, 지금 전국에 빈집이 넘쳐납니다. 낡지만 멋진 집이 많은데도, 정리도 수리도 안 된 채 방치되어 사회문제가 되고 있잖아요? 그렇다면 말이죠, 목수 일을 할 수 있고 스스로 집을 고칠 수 있다면, 평생 집세 걱정 없이 살아갈 수 있을지도 모릅니다. 어쩌면 빈집 재생으로 지역 활성화에 공헌할 수 있을지도 모릅니다.

그런 구상을 하면서 아는 목공소에 물어보니, 어디나 일할 사람이 부족해 허덕이고 있으니 목수 수업 받는 사람은 대환영이랍니다. 공짜로 목수 일도 배우고, 이렇게 좋은 일이 또 있을까요?

그리고 할머니 할아버지들을 좋아하니 보살펴드리는 일도 해보고 싶고, 정종을 좋아하니 음식점에서 술 데우는 일도 해보고 싶습니다. 그리고 또……

……이렇게 따져보니 회사를 그만둔 내 인생이 희망으로 가득합니다.

지금 세상에는 어려움을 느끼는 사람이 무척이나 많습니다. 그렇다면 그만큼 일도 많다는 뜻이 됩니다. 그렇게 생각하면 돈이니, 취직이니, 그런 것들에 구애만 받지 않는다면, 죽을 때까지 즐거운 일은 절대 없어지지 않을 것 같습니다.

이거…… 정말 굉장한 일 아닌가요?

캬아, 우리 사회에는 정말이지 희망이 가득합니다!

회사란 나를 만들어가는 곳

그리고 다시 회사란 무엇이었는지를 생각해봅니다.

회사를 그만두길 정말 잘했어, 아주 잘했어! 싶으면서도 한편으론 만약 회사에 취직하지 않았더라면 나는 지금쯤 어떻게 되었을까를 생각해봅니다. 그리고 역시 회사원이었다는 게 내게 더할 나위 없이 중요한, 멋진 일이었음을, 또한 통감합니다.

회사란, 제게 더없이 좋은 '인생의 학교'였습니다.

우선 일하는 방법을 가르쳐준 소중한 존재였습니다. 동료와 선배, 그리고 취재 상대에게서도 많은 걸 배웠습니다. 한 가지 일에 대해, 내 경우에는 '글쓰기'에 대해, 그럭저럭 프로로서 일을 할 수 있게 된 건 틀림없이 회사 덕분입니다.

그리고 그뿐만이 아닙니다.

돈과 어떻게 관계를 맺을 것인가.

성격이 맞지 않는 동료와 상사와 어떻게 맞춰갈 것인가.

열심히 노력해도 결과가 따르지 않아 자신감을 잃었을 때에는 어떻게 할 것인가.

불합리한 인사이동에 어떻게 대응할 것인가.

납득할 수 없는 명령에 어떻게 대처할 것인가……

회사란 쉴 새 없이 다양한 당근과 채찍을 꺼내 사원들을 휘두릅니다. 이 파상공격은 학생 시절에는 도저히 경험할 수 없는 리얼하고 힘겨운 것들뿐입니다. 조금이라도 정신 줄을 놓았다가는 당장 그 힘겨움에 잡아먹혀 인생이 엉망이 되어버리고도 남음직한 것들입니다. 회사원이 된 이상, 누구나 그것들 하나하나와 정면으로 부딪쳐가야 합니다.

마치 영화의 성장 스토리 같습니다.

주인공은 어떤 목적을 향해 친구와 '여행'을 합니다. 도중에 적의 공격과 친구의 배신 같은 엄청난 시련을 겪으면서도 전진을 계속합니다. 그리고 마침내 그 목적을 달성하기도 하고, 달성하지 못하기도 하지요. 하지만 실은 중요한 점은 그게 아닙니다.

주인공은 그 가혹한 여정이 끝났을 때, 분명 여행을 떠나기 전과는 다른 사람이 되어 있습니다. 당초의 목적을 달성하지 못하더라도, 그 이상으로 무언가를 손에 넣습니다. 〈스타워즈〉의 루크 스카이워커도, 〈스탠 바이 미〉의 고디도, 모두 다 그렇습니다. 물론 이제 천진난만했던 소년 시절의 반짝임은 사라지고 쓰디쓴 것들, 모순들도 가득 안게 됩니다만, 그게 불행한가 하면 결코 그렇지 않습니다.

여행을 떠남으로써 사람은 비로소 어른이 됩니다. 어른이 된다는 것은, 쓴 것도 슬픈 것도 모두 삼켜 앞으로 나아갈 힘을 단련하는 것을 뜻합니다.

회사에 취직하면 그것만으로도 누구나 영화 주인공 같은 체험을 할 수 있습니다.

역시 회사란 멋진 곳이지요?

그렇지만 역시 가장 중요한 것은 '여행을 끝내는 것'이 아닐까요? 여행은 언젠가 끝이 납니다. 여행에서 졸업하는 날이 옵니다. 그걸 결코 잊어서는 안 됩니다. 그러지 않으면 여행에 의존하게 됩니다. 여행이 편하다면, 특히 더 주의해야 합니다.

침낭이나 텐트에서 지내는 여행이라면 걱정 없습니다만, 가는 데마다 쾌적한 호텔이 준비되어 있다면, 여행을 떠났다는 사실조차 잊고 어려움에 맞닥뜨릴 필요도 없어져, 그저 여행을 계속하는 것만이 목적이 됩니다. 음식이 맛없다는 둥 종업원 태도가 마음에 안 든다는 둥 불평을 늘어놓을 뿐, 여행은 점점 더 따분한 것이 되어갑니다. 결국에는 반드시 맞이하게 될 '아무도 호텔을 준비해주지 않는' 사태에 전혀 대처하지 못하고, 자신에게 주어졌던 그때까지의 행운도 잊어버린 채 그저 어쩔 줄 몰라 자기가 얼마나 불행한지 탄식만 하는 꼴이 됩니다. 성장 스토리와는 정반대의 세계입니다.

그렇습니다.

회사는 나를 만들어가는 곳이지, 내가 의존해가는 곳이 아닙니다.

그걸 알게 되면 회사만큼 멋진 곳도 없습니다. 그리고 수행이 끝났을 때 당신은 언제고 회사를 그만둘 수 있습니다. 다만 '언젠가 회사를 졸업할 수 있는 자기를 만들 것'. 그것만큼은 정말 중요한 게 아닐까요. 그런 생각을 하는 51세 무직의 봄입니다.

에필로그

무직과 인기에 대한 고찰

회사를 그만두기 직전, 논설위원 송년회 자리에서 알고 지내던 한 연구원과 흥미로운 대화를 나누었습니다.

그는 아직 젊었지만, 더욱 젊었을 때부터 다섯 번쯤 직장을 바꿨다고 했습니다. 첫 전기는 20대 중반 무렵. 일하던 관공서를 그만두고 잠시 무직인 채로 빈둥거리다가 역시 공부를 더 해야겠다 싶어 대학으로 돌아갔다고 합니다.

그렇게 그는 나이 좀 먹은 대학원생이 된 셈인데, 그 무렵 길거리에서 자전거를 타고 가고 있으면 경찰관들이 빈번히 그를 불러 세워 불심검문을 했다지요. 그는 "서른 가까이 되는 남자가 대낮에 빈둥거리고 있으면 아무 회사에도 소속되지 않은 수상한 인간으로 경찰관 센서에 걸려들게 됩니다" "일종의 완성된 감시 사회인 거죠" 같은 말을 했습니다. 정말 대단하다, 일본 경찰. 그랬는데, 왠지 이유를 알 것 같긴 합니다만, 놀랍게도 비록 비정규직일망정 다음 근무처가 정해지자마자, 같은 복장, 같은 시간, 같은 고물 자전거를 타고 가는데도, 불심검문에 한 번도 걸리지 않았다고 합니다. "내 안의 무언가가 바뀌었다는 뜻이겠죠." 음, 그렇군.

이 사회가 '회사 사회'라는 내 가설은, 그저 황당무계한 것만은 아닌가봅니다. 회사에 소속됐는지 여부가 우리 사회에서는 결정적인 '무언가'입니다.

그건 그렇고, 불심검문을 당해본 적이 없네. 아프로 헤어에 눈에 띄게 수상쩍어서 검문할 가치도 없다는 건가?

하지만 듣고 보니 회사를 그만두고 나서 분명하게 변한 것이 있습니다.

엄청나게 인기가 많아졌다는 것입니다.

엄밀하게는 원래 아프로 헤어로 바꾸고 나서부터 인기가 많아지긴 했지만, 회사를 그만두자 그 인기에 설마설마 박차가 가해진 것입니다!

유급휴가 기간에 인도에 가서 뭔가가 바뀌었나 싶기도 했지만, 곱씹어보니 그것만은 아닌 것 같습니다.

회사를 그만두고 나는 처음부터 인간관계를 다시 만들려고 노력했습니다.

그때까지는 우선 같은 건물, 같은 방에 있는 동료, 다시 말해 주어진 회사 내에서만 인간관계를 만들 필요가 있었고, 그게 또 중요했습니다. 회사 밖 사람들과의 관계 맺기에는 신중했던 것 같습니다. 왜일까요? 회사 이름을 대는 순간, 묘하게 달라붙는 사람이 있어서였는지도 모르겠습니다. 나의 행동이 회사의 명예를 실추시키고, 그 결과 징벌을 받게 되지 않을까 걱정이 앞섰는지도 모르겠습니다.

무의식중에, 회사 안에서도 회사 밖에서도, '회사원'이라는 것에 묶여 있었던 것입니다, 나는.

하지만 지금은 다릅니다.

길을 걸을 때도, 차를 마시러 갈 때도, 장을 볼 때도 나는 사람들을 살핍니다. 그리고 어디의 누구건, 조금이라도 마음이 통할 것 같은, 느낌 좋은 사람을 찾습니다.

그건 아마도 혼자이기 때문입니다. 혼자서는 살아갈 수 없으니까요. 그리고 어느새, 마찬가지로 혼자 사는 사람들을 응원하고 함께하고자 합니다. 그리 대단한 일을 하려는 건 아닙니다. 그저 눈을 마주치고 상대방 말을 열심히 듣고 웃는 얼굴로 감사의 말을 하고 헤어집니다. 그저 그뿐입니다. 그렇지만, 그게 바로 사람들에게 가장 용기를 북돋워주는 행위가 아닐까요?

무직이 된 후 집과 컴퓨터를 하나씩 갖춰가는 괴로운 싸움중에, '회사'라는 차가운 벽 저편에서 나오려 들지 않는 사람들에게서 강렬한 무력감을 느꼈습니다. 하지만 포기하지 않았더니 회사원이라도 벽을 뚫으려고 하는 훌륭한 개인들을 만날 수 있었습니다. 어디든 눈을 비비고 찾으면 그런 사람들이 있기 마련입니다. 나는 그런 사람들과 함께 살아가고 싶습니다.

센서를 활짝 펼치면 역시 혼자서 어떻게든 잘해보려는 사람들이 재미있으리만치 눈앞으로 튀어나옵니다.

어제도 카페 테라스에서 커피를 마시고 있는데, 카메라를 들고 어슬렁거리는 젊은 남자가 눈에 들어왔습니다. 아, 카메라맨

지망생이구나, 분명 내 사진을 찍어도 될까 물어오겠지, 그런 생각을 혼자 하는데 아니나 다를까 그가 다가왔습니다.

하필이면 숙취로 얼굴이 부어서 솔직히 사진은 찍지 말아주었으면 했습니다만, 용기 내어 말을 걸었다는 걸 알고 있기에 기분 좋게 협력해주기로 했습니다. 옛날 필름카메라를 갖고 있어서 이것저것 이야기를 나눴습니다. 노출계가 망가진 2만 엔쯤 하는 카메라를 중고 가게에서 샀다고 합니다. 솔직히 핀트 맞추는 것도 느리고, 대화도 어색하고, 대화와 촬영을 동시에 하지도 못하는 등, 아무리 생각해도 셔터 누를 기회를 다 놓치고 있는 게 뻔해 사진을 잘 찍는다는 생각은 들지 않았습니다.

필름은 후지필름 흑백 ISO 100을 쓰고 있다기에, 해상도가 낮겠네 했더니 ISO 400은 발매가 중지되었다고 합니다. 깜짝 놀랐습니다. 신입 무렵엔 모두 다 그걸 썼는데…… 시대는 너무나 빠르게 모든 것들을 쓸어가는구나. 이래서 사람들과 대화를 나누는 게 재미있습니다. 이 친구를 여기서 만나지 않았다면 평생 400이 사라진 사실을 모르고 죽었을지도 모릅니다.

헤어질 때 "이건 제 명함입니다" 하고 내민 A4 종이를 보니, 전람회 고지와 함께 재미있는 프로필이 적혀 있었습니다.

"사진가 지망생이 목표입니다!"

아직 지망생도 아닌 거구나. (웃음)

더 있습니다. "고향집에서 오래된 앨범을 보는데 증조할아버지 초상사진이 나온 게 카메라를 시작한 계기였습니다. (웃음)"

웃을 일이 아닌 것 같은데. (웃음)

"활동 내용을 찍어서 메일로 보낼게요. 물론 무료예요." 한마디로 무직이구나!

역시 나는 무직이거나 혹은 회사원이라도 혈중무직도가 높은 사람, 무리 짓지 않고 혼자 두 발로 서려는 사람과 연결되기를 원하나봅니다.

회사 인간은 이제 필요 없습니다. 예를 들어 퇴사한 내게 가끔 일 의뢰를 해주는 분들도, 생각해보면 두 타입으로 나눌 수 있습니다. 나를 상품으로서 쓰려는 사람과 조금이라도 인간으로서 보려는 사람. 물론 양쪽 다 비즈니스라는 사실은 다르지 않습니다. 하지만 전자는 내 공적과 노동량을 계산하는 회사 인간입니다. 그 냄새는 의외로 알기 쉽게 전해집니다.

그러고 보니 내가 단골 목욕탕 할머니들을 편하게 생각하는 것도 납득이 갑니다. 할머니들, 아마 무직일 테니 말이에요. 그리고 고독합니다.

할머니와 사이가 좋아지려면 약간의 기술이 필요합니다. 할머니들은 호기심은 왕성해도, 부끄럼을 타고 조심성이 많아서 너무 지나치게 말을 걸면 안 됩니다. 평소에 조신하게 '느낌 좋은 젊은이'라는 것을 조금씩 어필합니다. 탈의실에서 옆에 있을 땐 방해가 되지 않게 로커 문을 살짝 닫는다든가, 샤워실에서는 머리카락이 남지 않게 물로 잘 씻어낸다든가. 그렇게 하면 아마 할머니들 사이에서 "저 아프로 헤어, 보기엔 저래도 꽤 괜찮은 사람 같던데" 그런 소문이 날 것입니다. (웃음)

이제 슬슬 괜찮겠다 싶을 때, 예를 들어 입구에서 마주쳤을 때나 탈의실에 단둘이 있을 때, 말하자면 '신경은 쓰이는데, 이 사람 어떡할까, 눈을 마주쳐도 될까?' 아마도 그런 생각을 하고 있을 때, 용기 내어 활짝 웃으며 "안녕하세요" 하고 큰 소리로 말을 겁니다. 그러면 짐짓 시선을 피하던 할머니도 반드시 눈을 마주치고 "안녕하세요" 하고 대답해줍니다.

그리고 "오늘 춥네요" 같은 한마디가 반드시 돌아옵니다. 이런 말을 들으면, 나이 든 사람들은 커뮤니케이션 능력이 높다 싶습니다. 젊은 사람들 입에서는 이 한마디가 좀체 나오지 않습니다.

그런데 나는 어째서 그렇게 하면서까지 할머니들과 사이좋게 지내고 싶은 걸까요?

뭔가 이득이 있어서가 아닙니다. 좋은 정보를 얻어들을 수 있는 경우는 전혀 없습니다. 대화라봐야 몸 어디가 불편하다든지, 이웃집 소문이라든지, 그런 걸 지치지도 않고 되풀이합니다.

하지만 내가 원하는 건 그런 근시안적인 게 아닙니다. 할머니들은 무직인 고독한 선배들입니다.

아마 예전에는 가족들에게 둘러싸여 일도 했었겠지요. 하지만 세월을 거치면서 관계가 하나씩 끊기다 마지막에는 혼자가 됩니다. 그래도 자신의 두 발로 서려는 사람들이, 목욕탕에 오는 할머니들입니다. 그곳에 가면 누군가가 있습니다. 이야기를 할 수 있습니다. 운동도 됩니다. 그 하나하나가, 노인들에게 결코 쉬운 일이 아닙니다. 그걸 조금씩 무리해가며, 온 힘을 다해 살아가고 있습니다. 그런 모습을 보고 있으면, 혼자서도 괜찮아, 하지만 노력도 필요해, 그런 초심으로 돌아갈 수 있습니다.

한 인간으로서 연결된다는 것. 사람들을 돕고, 도움을 받는다는 것. 그런 관계를 쌓아가다보면 무직이라도 살아갈 수 있을 겁니다. 아니 그렇게 살아갈 수밖에 없는 거겠죠. 아마, 아니 분명.

딱히 모든 사람들과 친구가 되려는 것도 아니고, 한 번 얘기를 나눴을 뿐, 두 번 다시 만나지 못하는 사람도 많습니다. 하지만 그게 어때, 그런 생각이 듭니다.

내일 일은 알 수 없습니다. 다시 만날 사람이 있을 수도 있고, 없을지도 모릅니다. 그러나 인생은 순간순간이 켜켜이 쌓여 만들어지는 법입니다. 좋은 사람을 돕고 도움을 받으며 이어지는 순간이 있다면, 더 이상 무엇을 바랄까요.

그렇게 생각하기에 나는 지금, 오픈 마인드입니다. 그래서 걷고만 있어도 인기가 있습니다. 무척이나 많은 사람들이 말을 걸어옵니다. 그리고 그 사람들은 대체로 재미있습니다. 사람들은 의외로 예민한 센서를 가지고 있고, 또 전파는 자연스레 동기화할 수 있는 상대를 늘 찾고 있습니다. 다만 집단 속에 있을 때에는 그 센서가 둔해지고 전파도 약해집니다. 그래서 회사원은 다른 사람들과 연결고리를 찾는 게 서툰 거죠.

'연결'이 앞으로의 사회의 키워드가 될 것이라고 말하는 사람도 있고, 나 역시 동의합니다. 그렇지만 연결되려면 우선 혼자가 될 필요가 있습니다. 모두들, 알고 있었나요? 나는 이제야 비로소 그것을 알게 되었답니다.

옮긴이 **김미형**
전문번역가. 제주대학교 일어일문학과를 졸업하고 일본 주오대학에서 석사학위와 박사학위를 받았다.
『우에노 역 공원 출구』『벚꽃이 피었다』『마이 룰』『그리고 생활은 계속된다』 등을 우리말로 옮겼다.

퇴사하겠습니다

1판 1쇄 2017년 1월 17일
1판 12쇄 2024년 11월 1일

지은이 이나가키 에미코
옮긴이 김미형
펴낸이 김정순
편집 김이선
디자인 김진영
마케팅 이보민 양혜림 손아영

펴낸곳 (주)엘리
출판등록 2019년 12월 16일 (제2019-000325호)
주소 04043 서울특별시 마포구 양화로 12길 16-9(서교동 북앤빌딩)
✉ ellelit.book@gmail.com
ⓞ ellelit2020
전화 02 3144 3123
팩스 02 3144 3121

ISBN 978-89-5605-927-3 03830